dtv

»Es gibt nur einen einzigen Grund, samstags vor dem ersten Kaffee auf die Straße zu gehen, und der heißt Juan Moreno.« (Szene Hamburg)

Wer Morenos Kolumne ›Von mir aus‹ bisher noch nicht entdeckt hat bzw. nach ihr süchtig ist, findet 79 seiner köstlichen Texte jetzt in diesem Band versammelt. Man kann sich mit ihm wundern, freuen und ärgern über alltägliche Kuriositäten und Peinlichkeiten, die jedem Tag für Tag widerfahren. Juan Moreno findet für jede Situation klare Worte. Mit Witz und Feingespür schreibt er vom Berliner Großstadtleben, von Fußballplätzen oder Treppenhäusern und erklärt, warum Männer mit Frauen Sport treiben (nicht, weil das irgendwas mit Spaß zu tun hat!). Mit dem Blick eines Einwandererkindes erzählt er aber auch vom Aufwachsen und Klarkommen in diesem seltsamen Land namens Deutschland, in dem Humor die beste Medizin ist. Neben Fußball und Frauen natürlich ...

»Man liest sie alle hintereinander weg mit einem warmen Glücksgefühl in der Brust. Weil: Der Mann ist nicht nur lustig, er kann auch erzählen. Und: So wie er erzählt, muss er ein großes Herz haben.« (Brigitte)

Juan Moreno, 1972 in Huércal-Overa/Spanien geboren, wuchs auf in Hanau und lebt heute in Berlin. Er arbeitete fürs Fernsehen und absolvierte die Journalistenschule in München. Seine Kolumne erscheint wöchentlich in der Wochenendbeilage der ›Süddeutschen Zeitung‹.

Juan Moreno

Von mir aus

Wahre Geschichten

Deutscher Taschenbuch Verlag

Ungekürzte Ausgabe
September 2006
Deutscher Taschenbuch Verlag GmbH & Co. KG,
München
www.dtv.de

Umschlagkonzept: Balk & Brumshagen
Umschlagbild: gettyimages/Bill Brown
Satz: Fotosatz Reinhard Amann, Aichstetten
Gesetzt aus der Berkeley 10,25/12,5˙ und der Linotype Feltpen medium
Druck und Bindung: Druckerei C. H. Beck, Nördlingen
Gedruckt auf säurefreiem, chlorfrei gebleichtem Papier
Printed in Germany
ISBN-13: 978-3-423-20927-4
ISBN-10: 3-423-20927-5

A mi padre

Vom Warum-Jungen zum Von-mir-aus-Mann

Ich weiß nicht, was mir früher lieber war, eine Folge *Western von gestern* mit Fuzzi oder wenn mein Vater sagte: Nerv mich nicht.

Nerv mich nicht war das Beste, was er zu mir sagen konnte. Ich wusste, dass er ein geduldiger Vater sein wollte. Zuhören, kümmern, seinen Beitrag leisten, was Väter sich so vornehmen. Weil ich das wusste, hatte ich ihn in der Hand. Ich musste nur lang genug fragen, immer und immer wieder fragen.

Als meiner Mutter einmal ein Pullover in der Maschine einging, nahm ich mein Matchbox-Auto und tat es in den Ofen. Für mich war Backen das Gegenteil von Waschen. Als das Auto nicht größer wurde, ging ich zu meinem Vater und fragte ihn, warum. Er wusste es nicht. Später fragte ich, warum er Bier trank, warum er mal einer Frau nachgeschaut hatte, warum ich kein Mädchen war, warum die Haut an seinem Dings dunkler war als die Haut drumherum. Ich fragte und fragte.

Meine Mutter freute sich darüber und erzählte einer Freundin, dass ich vielleicht Forscher würde. Mir sagte sie, mein Schatz, du hast Recht, wer nicht fragt, bleibt dumm. Für sie war es leicht, das zu sagen, sie fragte ich ja nie.

Das mit dem Forscher war übrigens Unfug. Ich war nicht an der Welt interessiert, und wenn ich zwischen großer Weisheit und einer einzigen guten Bananenflanke beim Fußball hätte wählen können – es wäre eine leichte Entscheidung gewesen. Es ging nicht darum, etwas zu lernen. Ich wollte sehen, wie in den dunklen Augen meines Vaters Verzweiflung aufkam.

Ich fragte wieder und wieder, und ich hörte nie auf das, was er sagte. Wenn mein Vater mir Dinge erklärte, nutzte ich die Zeit, um mir neue Fragen zu überlegen. Ich wollte ihn ärgern, mürbe machen. Einfach so, weil ich ein Kind war, ein Warum-Kind.

Heute hat sich das geändert. Aus dem Warum-Kind ist ein Von-mir-aus-Mann geworden. Den gleichen Ehrgeiz, den ich früher hatte, meinem Vater Ärger zu machen, entwickele ich heute nur, um Ärger zu vermeiden. Ich kann es nicht leiden, mich zu streiten. Es nervt mich. Nicht, weil mir mein Eindruck auf andere so wichtig wäre. Mir ist Streit zu anstrengend. Er bringt so wenig. Außerdem kann ich es nicht leiden, mich zu entschuldigen.

Einmal hat sich mein Chef beschwert, dass ich zu wenig arbeitete. Ich war anderer Meinung. Zum Streit kam es deswegen aber nicht.

Wir klären das auf dem Laufband. Mann oder Manuela?, fragte mein Chef.

Vielleicht hatte er das in einem Mitarbeitermotivationsbuch gelesen. Mir war das egal, mir gefiel die Idee, und ich wollte auf keinen Fall eine Manuela sein. Wir gingen in ein Fitnessstudio und stellten uns aufs Band. Er schlug die höchste Stufe vor, und nach 20 Minuten wurde mir schwarz vor Augen.

Ich habe in den nächsten Wochen viele Überstunden gemacht. Es war die souveränste Art, einen Streit beizulegen. Es war auch die mieseste, weil er früher Ausdauersportler gewesen war und mir das nie gesagt hatte.

Aber gut, dachte ich, darum ist er Chef und du nicht.

Als nun die Redaktion vorschlug, den Namen der Kolumne zu ändern, damit sie persönlicher werde, sagte ich nicht das, was ich dachte: Ändern? Warum das denn? Ich mag es nicht, wenn sich Dinge ändern, ich will, dass alles so bleibt, wie es ist!

Nein, ich überlegte, was mich mehr nervte. Die Änderung einer Gewohnheit oder Streit mit der Redaktion. Da ich nicht mehr in der Warum-Phase war und auch nicht gegen alle auf dem Laufband antreten wollte, sagte ich:

Von mir aus.

Sonst zurück nach España

Ich war einmal ziemlich verknallt in Petra Trachten. Das ist ewig her. Ich war in der sechsten Klasse, und es war die Zeit, als das mit den Frauen noch glatt lief, denn es gab Regeln, an die man sich halten konnte. Mit mir und Petra ging das so: ein Brief, zwei Sprüche, drei Kästchen. Ja, nein, vielleicht. Petra kreuzte »Ja« an, und wir waren zusammen. Mein Freund Yussuf hatte mir das damals erklärt.

Das ist leicht, hatte er gesagt.

Bei »Ja« gehst du hin – mit dem Brief in der Hand – und küsst sie.

Gucken, hingehen, küssen. Fertig, ab, Tirolerkapp!, hatte Yussuf gesagt.

Er machte immer solche Sprüche. In meiner Klasse fanden wir ihn super. Er sah gut aus, hatte ein Fahrrad in Tarnfarbe und schrieb Briefe im Akkord, Briefe mit drei Kästchen.

Petra Trachten war ein wunderbares Mädchen. Irgendwie niedlich. Sie war nicht sehr hübsch, ein bisschen dick, hatte eine Spange, außerdem Zöpfe. Manchmal zog ich an den Zöpfen und sagte: Das ist der Wegschmeißgriff!

Riesengag, fand ich.

Ich fand, dass es eine tolle Beziehung war, in der alles war, was ich brauchte. Erste große Pause, zweite große Pause, gemeinsamer Heimweg inklusive Slushpuppies-Kauf, später Spielplatz. Wir gingen zusammen, und jeder sollte das wissen.

Der Vater von Petra hatte eine Metzgerei. Er hieß Herr Trachten. So und nicht anders müssen Metzger aussehen, dachte ich mir damals und stellte mir vor, wie seine Hände kleine Ferkel töten. Über der Verkaufstheke hatte Herr Trachten einen Werbespruch angebracht:

Metzgerei Trachten – Wir verstehen was vom Schlachten.

An einem Tag erfuhren Yussuf und ich vom Abi-Streich der Dreizehnten. Die Jungs hatten tausend Rollen Klopapier im Lehrerzimmer verteilt. Das Zeug stapelte sich bis zur Theke.

Sind zwar nur unbenutzte, dachte ich, fand es aber sehr lustig. Für mich waren die Jungs aus der Dreizehnten Helden, und ich wollte auch ein Held sein.

Ich griff zum Telefon.

Guten Tag, ich möchte, dass Sie Schweine in die Pestalozzischule liefern.

Wer spricht da, fragte Herr Trachten. Hier ist ..., mir fiel nichts ein.

Wer spricht da?

Ich wusste nicht, was ich sagen sollte, also legte ich auf.

Ein paar Tage später rief mich mein Vater zu sich. Ich dachte mir sowas schon, da ich mich ein bisschen mit Petra gestritten hatte und sie als Petze galt. Nicht ganz zu Unrecht, wie ich gerade merkte.

Du wirst mich künftig fragen, wenn du telefonieren möchtest. Und du wirst dieses Mädchen in Ruhe lassen. Ist das klar?

Ich treffe keine Mädchen, sagte ich. Konnte doch meinem Vater nicht sagen, dass ich 'ne Freundin habe.

Dann ist's gut.

Herr Trachten hatte meinem Vater, der kaum Deutsch sprach, Folgendes gesagt: »Hier ist Deutschland. Nix anrufen, nix Petra sehen dein Sohn. Sonst Polizei. Verstanden. Noch einmal, dann zurück nach España.«

Ich glaube, dass noch nie jemand meinen Vater so gekränkt hatte.

Rudi Völler hat mein Leben ruiniert

Ich war in der Sechsten und hatte das Gefühl, dass etwas ganz falsch lief. Mein Problem hieß Señora de la Peña, war um die fünfzig und meine Spanischlehrerin. Es war keine leichte Zeit für mich.

Mein Vater hatte noch nicht den Traum aufgegeben, in sein andalusisches Dorf zurückzukehren. Vermutlich wollte er, dass ich vorbereitet sei, falls das Wunder der Rückkehr doch noch geschehen sollte. Er zwang mich, nachmittags in die spanische Schule zu gehen.

Ich hielt das damals für keine gute Idee. Es gab Gerüchte, dass Frau de la Peña eine sehr strenge Lehrerin sei, mein Vater war auch streng, und das war kein Gerücht.

Also ging ich zweimal die Woche hin. Ich fand es vor allem wegen Rudi Völler furchtbar.

Ich bin in Hanau aufgewachsen, und der bekannteste Mann Hanaus hieß damals schon Rudi Völler. Alle meine Kumpels wollten wie Rudi Völler sein. Mein Freund Manuel und ich beschlossen, sobald wir Bartwuchs bekämen, uns einen Oberlippenbart, wie er einen hatte, zuzulegen. Seine länglichen, blond gesträhnten Haare wollte ich auch haben. Mein Vater verbot mir das, was ich ihm heute hoch anrechne.

Frau de la Peña unterrichtete dienstags und donnerstags, und somit genau an den Tagen, an denen auch die Jugendmannschaft von Hanau 1860 trainierte. Es gab noch einen anderen Verein in Hanau. Die 93er, die einige Klassen höher spielten, aber die kamen nicht in Frage. Rudi Völler hatte bei

60 gespielt. Das war sein Verein gewesen. Ich war jung und verstand vieles noch nicht, aber dass ich Rudi Völler nicht verraten durfte, nur weil mir die Trainingszeiten von 93 besser passten, war mir klar. Rudi Völler war mein Star. Er verdiente viel Geld, war Stürmer in Bremen, er hatte Strähnchen. Ich wollte auch nach Bremen.

Zum ersten Mal fühlte ich mich benachteiligt. Während meine Freunde bei den 60ern spielten, musste ich spanische Grammatik und Geographie lernen. Wir machten sogar Kunstgeschichte. Velázquez, Picasso, Dalí, all diese Namen, es war schlimm. Völler wurde Torschützenkönig, und ich vergeudete meine Zeit mit Leuten wie El Greco, die nicht mal Spanier waren.

Der Vater meines Freundes Manuel war ein ähnlicher Holzkopf wie meiner, auch er zwang Manuel. Das sei wichtig für unsere Zukunft, hieß es, dabei verstanden unsere Väter nicht, dass unsere Zukunft in Bremen lag und dass die Menschen da Deutsch sprachen.

Manuel lernte ich bei einer Prügelei kennen. Er fand Rummenigge besser als Völler. Erst dachte ich, er macht Witze, aber als er dabei blieb, verdrosch ich ihn. Das war leicht. Erstens war ich in Übung, weil ich zwei jüngere Brüder hatte, die mir oft widersprachen, und außerdem war Manuel viel kleiner. Nachdem ich ihn überzeugt hatte, dass Völler der beste Spieler der Welt war, und das künftig auch seine Meinung war, wurden wir Freunde. Jedoch nicht lange. Irgendwann erfuhr ich, dass er heimlich bei den 93ern trainierte. Verräter, dachte ich und redete kein Wort mehr mit ihm.

Manuel und ich haben heute keinen Kontakt mehr. Er lebt in Spanien. Das letzte Mal, dass ich von ihm gehört habe, hatte ihn Betis Sevilla unter Vertrag genommen. Manuel ist Fußballprofi, er verdient viel Geld, vermutlich hat er Strähnchen.

Ich möchte nicht nachtragend sein und bereue nicht, damals Rudi Völler nicht verraten zu haben und lieber gar nicht, als beim falschen Verein gespielt zu haben, aber dieses »Danke Rudi« wird nie über meine Lippen kommen.

Ausweislose Abweisung

Ich weiß nicht, warum mein Freund Thorsten zu mir kommt, wenn er Probleme mit Frauen hat. Ich glaube, man muss sehr verzweifelt sein, um ausgerechnet mich um Rat zu fragen. Ich gebe mein Bestes, aber viel ist das nicht.

Thorsten kam mich im Büro besuchen, es musste also wichtig sein.

Ich habe ihr meinen Ausweis gegeben, sagte Thorsten.

Was hast du?

Den Personalausweis, ich habe ihn ihr gegeben, sagte er. Ich dachte, es sei eine gute Idee.

Es war eine typische Thorsten-Geschichte. Thorsten war nach einigen Wochen, die er damit verbracht hatte, auf einen Brief von Rumjana zu warten, zum ersten Mal wieder ausgegangen. Rumjana war eine bulgarische Austauschstudentin, die nach einer kurzen Affäre mit ihm versprochen hatte, ihm bald zu schreiben. Sehr hübsches Mädchen, leider hielt sie ihre Versprechen nicht, was Thorsten sehr mitnahm und ein bisschen auch seine Meinung zur Osterweiterung verändert hat.

Er war in die »Alte Kantine« gegangen, einem Laden im Prenzlauer Berg. Ich weiß nicht, warum man in die »Alte Kantine« geht, außer vielleicht, um mal wieder die Lieder zu hören, die man auf der letzten Klassenfahrt in der Schule gehört hat. Thorsten gefällt es da aber. Ihn stört auch nicht, dass immer wieder Stücke aufgelegt werden von Gruppen, die Silly, Gundermann, City oder Puhdys heißen. Ostbands, bei denen die Ostdeutschen ausflippen und die Westdeutschen Ulbricht für die Mauer danken sollten.

Ich fand sie einfach sehr hübsch, und ich traute mich nicht, sie direkt anzusprechen, sagte Thorsten.

Statt wie sonst einfach fünf Bier zu trinken und ein solides »Na, öfters hier?« aufzusagen, versuchte Thorsten es strategisch, wie er es nannte. Thorsten ging auf das Mädchen zu, zückte seinen Personalausweis und sagte: Bringst du den bitte bei unserem nächsten Treffen mit. Ich steh im Telefonbuch.

Er drehte sich um und hatte ein gutes Gefühl.

Wie hat sie reagiert?

Thorsten sagte nichts.

Sie hat sich nicht gemeldet, oder?

Ich glaube, sie war sehr überrascht, sagte Thorsten.

Er hatte von Frauen noch weniger verstanden als ich, was ziemlich schwer ist. Ich wusste nicht, was ich ihm sagen sollte. Ich komme selber nicht besonders mit ihnen klar. Ich kapiere schon nicht, warum Männer alleine ins Kino gehen und Frauen das nie tun. Eigentlich fand ich seine Anmache gar nicht schlecht. Thorsten erinnert mich, wenn er von Frauen redet, an Yogi Bär, putzig, unbeholfen und das genaue Gegenteil eines Alphatieres.

Was jetzt, fragte Thorsten.

Wie lange ist das her?

Drei Wochen.

Würde sagen, dass du einen Ausweis brauchst.

Ich wollte nicht einen neuen machen lassen, weil ich dachte, dass es Unglück bringt.

Süß ist er ja, dachte ich.

Komm, ich begleite dich zur Meldebehörde.

Mein Leben als Stewardess

Ich hatte früher ein wenig Flugangst, und die Frau von der Fluggesellschaft hätte mich wohl nie eingestellt, wenn sie das gewusst hätte.

Warum möchten Sie Saison-Flugbegleiter werden, fragte sie mich.

Die richtige Antwort lautete, nun, das wollte ich schon als kleiner Junge, das Fliegen, die Länder, mit Menschen zu tun haben, freundlich sein, ich glaube, das würde mir Freude machen.

Man sollte in Vorstellungsgesprächen immer Freude sagen, es klingt besser als Spaß. Spaß hat etwas Verwegenes, Spaß kann auch Sex machen, oder Schwarzfahren oder ein Joint. An der Arbeit aber sollte man Freude haben. Personalchefs bevorzugen das Wort Freude.

Ich gab die richtige Antwort und fragte mich, wie sie mir glauben konnte, dass ich schon immer Flugbegleiter werden wollte, nicht Pilot. Das ist so, als ob ich gesagt hätte, dass ich früher nicht Astronaut in der Apollo-Kapsel, sondern lieber die Flasche in Houston sein wollte, der man nur sagt, dass man ein Problem hat, um es dann doch selbst zu lösen.

Mir war es egal, ich brauchte für sechs Monate einen Job und hatte einen. Als ich meiner Mutter erzählte, dass ich das Studium unterbrechen wollte, war sie böse – jedoch nicht so böse, wie sie wurde, als sie mitbekam, was ich machen wollte.

Nein, nein, dein Enkel studiert nicht mehr, sagte sie meiner Oma am Telefon, er ist jetzt Stewardess.

Ich werde Flugbegleiter, sagte ich und klang wie der Drache Grisu, außerdem sind es ja nur sechs Monate.

Von wegen sechs Monate, dein Vater wollte höchstens ein Jahr in Deutschland bleiben und dann zurück ins Dorf. Heute ist er deutscher als die Kartoffel.

Ausländer finden nur wenige Sachen wirklich deutsch, Kartoffel ist so eine, Abendessen um sechs und Horst Hrubesch gehören auch dazu.

Mit dem Geld kann ich eine Weile studieren und muss nicht während des Semesters arbeiten, sagte ich.

Du bist erwachsen, antwortete sie.

Mütter sagen diesen Satz nur, wenn sie das Verhalten ihrer Kinder nicht für erwachsen halten. Ganz Unrecht hatte sie nicht. Es gibt vermutlich bessere Eigenschaften für Flugbegleiter als Flugangst.

Es waren dennoch gute sechs Monate. Irgendwann wurde es mit der Flugangst besser. Mir fiel auf, dass ich als Flugbegleiter Schultergurte auf meinem Sitz hatte und nicht diese lächerlich kleinen Dinger umschnallen musste, die unsere Passagiere bekamen. Außerdem erzählte mir ein Pilot, dass die Besatzung bei einem Absturz viel bessere Überlebenschancen hat, weil sie den Flieger kennt und direkt an den Notausgängen sitzt.

Es kommt auf die ersten Sekunden an, und da sind wir im Vorteil, sagte er.

Mich beruhigte das sehr.

Nach drei Monaten dachte ich kaum noch über meine Flugangst nach, sondern tat das, was alle normalen Stewardessen tun – ich regte mich über die Passagiere auf. Zum Beispiel über die Tomatensaftbesteller. Es sind dieselben Leute, die bei einem Zweistundenflug nach einem Kissen, einer Decke und einer Augenbinde fragen. Manchmal wollen sie zum Tomatensaft auch ein wenig frischen Sellerie, und wenn man ihnen erklärt, dass man heute leider nur noch Kiwanos, Pitahaya und ein paar Kaktusfeigen dahabe, werden sie pampig und wollen den Kapitän sprechen.

Nein, es war eine nette Zeit, aber mein Beruf ist das nicht. Mama hatte Recht.

Pornos in Reisekoffern

Mein Fernseher ist letzten Samstag kaputtgegangen, als Paul Breitner gerade Mario Basler alles erklären wollte. Das mit Kaiserslautern, der Krise, dem weißen Ballett, alles, was man über Fußball wissen muss. Es wäre ein guter Abend geworden, Basler und ich hätten eine Menge lernen können. Breitner ist *ran*-Sat1-Fußballexperte, wenn er in der Sendung nicht redet, lächelt er. Man sieht dann seine Zähne. Ich frage mich, ob er den alten Vertrag von Maren Gilzer bekommen hat.

Breitner war mal Weltmeister, sollte Bundestrainer werden, jetzt ist er bei Sat1 und lächelt wie Gilzer, schwer zu sagen, ob er glücklich dabei ist. Vielleicht hat Basler am Samstag Breitner dazu befragt, ich werde es nie erfahren. Das Bild wurde einfach schwarz, ganz plötzlich.

Schade eigentlich. Ich mochte meinen Fernseher. Es war ein großes Gerät, braun, mit Drehreglern, aus einer Zeit, in der sich Elektrotechniker noch nicht vorstellen konnten, wofür man mehr als acht Sendeplätze braucht. Mein Fernseher stand mal in einem Hotelzimmer in München.

Sie verkaufen einen Fernseher, fragte ich den Mann an der Rezeption.

Ja.

Was kostet der? In der Anzeige stand: billig abzugeben.

60 Mark. Der ist wie neu.

Ich machte das Gesicht, das mein Vater immer macht, wenn er eine Rechnung bar bezahlt. Mein Vater handelt nie, er macht aber das Ich-armer-andalusischer-Tagelöhner-Gesicht. Ich bin zu feige zum Handeln, aber den Blick kann ich auch.

Pornokanal, sagte der Mann.

Bitte?

Die Gäste schauen immer nur ein paar Minuten, meist den Pornokanal, darum ist das Gerät wie neu.

60 Mark ist in Ordnung, sagte ich.

60 Mark war nicht in Ordnung. Aber bei meinem letzten ging der Ton nicht mehr. Ich dachte mir, dass die Lautsprecher von dem hier bestimmt noch gut seien, weil Leute in Hotels den Pornokanal vermutlich immer leise hören. Ich würde den Pornokanal immer leise hören.

Schauen Sie auch Pornos, fragte der Mann.

Kann der Gedanken lesen, fragte ich mich und überlegte, was man auf so eine Frage antwortet? Sage ich nein, sagt er, ja, ja. Sage ich ja, sagt er, ach, nein?

Ich konnte nur verlieren.

Haben Sie vielleicht eine Kiste für mich?

Geht mich ja auch nichts an, sagte der Mann an der Rezeption.

Genau, dachte ich.

Manchmal frage ich mich, ob jeder Mann um die dreißig, der alleine wohnt, von anderen Menschen für einen Pornogucker gehalten wird? Vermutlich schon. Vielleicht lachen meine Kumpels, die mit ihren Freundinnen zusammenleben, abends über mich. Machen Scherze über mich, während sie mit ihrer Freundin auf dem Bett herumtollen.

Was denkst du, Schatzi? Wo versteckt er sie? Wo hat er die Pornos?

Schatzi giggelt und tippt vielleicht auf den Wäscheschrank oder den Reisekoffer, den man selten braucht.

Schön, dass die beiden so viel Spaß haben.

Wenn ich nächstes Mal meine Freunde und ihre Püppis

sehe, werde ich das klären: Ich schaue keine Pornos, ich schaue Breitner, der wie Gilzer grinst, und außerdem ist mein Fernseher kaputt.

Krawattenaxiom

Mit dem Alter sollte man gelassener werden, sagte mein Vater. Aber das würde ich wohl nie kapieren.

Er hatte mich gebeten, ihn zu seinem Versicherungsmakler zu begleiten.

Die Versicherung kannte ich aus der Werbung. Ein älterer, attraktiver Herr läuft am Strand entlang und umarmt eine Granaten-Oma, die so aussieht, wie ich mir Heidi Klum mit 70 vorstelle. Viele Werbespots enthalten ein Orgasmusversprechen. Das war so ein Spot.

Was kann ich für Sie tun, fragte mich der Versicherungsmann.

Ich glaube, Sie haben meinem Vater zu viel abgebucht.

Mein Vater saß neben mir. Er versteht Deutsch, aber er muss nur den Mund aufmachen, damit klar ist, dass er kein Deutscher ist. Darum nimmt er mich lieber mit.

Haben Sie die Nummer des Versicherungsscheins dabei?

Nein, sagte ich.

Ja, sagte mein Vater. Er hatte daran gedacht, natürlich.

Er hatte auch alle Kontoauszüge rausgesucht, nach Datum geordnet und abgeheftet. Die Buchungen hatte er mit Marker unterstrichen. Das Ganze lag in einer Folie.

Manchmal glaube ich, du bist zu lange in Deutschland, sagte ich auf Spanisch zu ihm.

Sehr hübsch, sagte der Mann.

Ich schaute mir seine Krawatte an, und dachte an das, was wir zu Hause über Krawattenträger sagen.

Wenn du länger brauchst, um die Anzahl der Farben auf

der Krawatte deines Gegenübers zu zählen, als dafür, seinen Namen auszusprechen, dann sei vorsichtig.

Wenn die Theorie stimmt, war der Mensch vor uns vorbestraft. Mehr als eine Krawatte, war es eine Spektralanalyse aus Stoff, die er um den Hals gebunden hatte. Sie hatte Pailletten. Ich fing an, die Farben zu zählen.

Der Mann hob seinen Kopf, wandte sich an meinen Vater und sagte: Kannst du mir noch die Police zeigen.

Bitte, fragte ich.

Die Police brauche ich …

Duzen Sie meinen Vater gerade?

Ja, sagte der Mann, das ist leichter für ihn. Er ist ja, wie ich sehe, schon lang genug hier und spricht kein Deutsch. Offenbar hat er's nicht so mit Sprachen.

Ist gut, sagte mein Vater und reichte die Police über den Schreibtisch.

Mir ist es ehrlich gesagt egal, wenn ich geduzt werde, und ich glaube auch, dass Deutschland das einzige Land auf der Welt ist, in dem Arbeitskollegen sich seit 20 Jahren ein Büro teilen und immer noch siezen. Aber diese Paillettensensation beleidigte meinen Vater.

Sie siezen mich und duzen meinen Vater, der 20 Jahre älter ist als Sie?

Er weiß schon, wie ich das meine, sagte der Mann, außerdem nehmen wir noch Ausländer als Kunden an, das machen nicht alle Versicherer. Erwiesenermaßen mehr Schadensfälle.

Ist gut, sagte mein Vater und fügte auf Spanisch hinzu, und du gehst jetzt raus, ich mach das.

Ich ging raus und kochte. Auf dem Heimweg verlor er kaum ein Wort darüber, nur dass ich gelassener werden müsse.

Ein paar Tage später bekam ich einen Brief. Es war ein Schreiben an die Versicherung, die fristgerechte Kündigung.

Es war seine Art, die Sache zu klären. Mein Vater bat mich, den Text durchzugehen. Er hatte viele Fehler und den schönsten Satz, den ich seit langem als PS gelesen habe: Danke für alles, mein Sohn, auch für die Korrigierungen.

Alois und der kackende Ritter

Ich war mit Thorsten Ski fahren, ich weiß nicht, warum, aber ich habe es getan, ich Idiot. Lieber wäre ich allein gefahren, aber ich traute mich nicht, ihm das zu sagen. Wir waren in Österreich.

Wo bleibst du, kackender Ritter, sagte Thorsten zu mir am Lift.

Er hat mich während des ganzen Urlaubs so genannt. Das sei die treffende Bezeichnung für jemanden mit meinem Fahrstil, fand er. Ich tat, als würde ich es nicht hören. Vielleicht weil ich vor kurzem die Bilder meines letzten Winterurlaubs gesehen habe und seitdem weiß – das mit dem Ritter ist gemein, trifft es aber leider.

Thorstens Eltern waren jedes Jahr im Winterurlaub mit ihm, meine sind aus Südspanien und können sich wenig vorstellen, was unsinniger ist als Skifahren. Das Schönste an der Sierra Nevada, dem einzigen Skigebiet Südspaniens, sei, dass man von da das Meer sehen könne, sagen meine Eltern. Sie und Thorsten ahnen nicht, was ich durchgemacht habe. Was es für einen erwachsenen Mann bedeutet, auf einem Hang zu stehen, der flach wie der Alexanderplatz ist, von soeben abgestillten Kleinkindern überholt zu werden und sich zu fragen, wieso man 150 Euro Leihgebühr für die Dinger unter den Füßen bezahlt hat, deren einzige Funktion es ist, einen zu töten.

Töten könnte ich auch diese älteren Damen mit roten Bogner-Jacken, die neben einem halten, wenn man den Mund nach einem Sturz voller Schnee hat, und Auffi, Auffi rufen.

Ich sah nur eine Lösung: Unfähigkeit durch Mut zu kompensieren. Vielleicht denkt jemand, wenn er mich sieht, gut, der fährt wie ein Depp, aber schau mal, wo der sich runtertraut. Über den Kampf zum Spiel, dachte ich.

Es war eine dumme Idee. Ich brach mir eine Rippe beim Versuch, eine Abfahrt hinunterzufahren, die Hohe Mut heißt. Ich glaube, diese Abfahrt ist die Rache der Österreicher an den Menschen in Deutschland; Rache dafür, dass wir sie Haider-Land nennen, ihnen keine Punkte beim Grand-Prix geben, Matthäus als Trainer geschickt haben, ich weiß nicht. Meiner Meinung nach ist das Ding keine Piste, eher eine lange vertikale Eisplatte mit Buckeln und Löchern, zu der ein Einer-Lift fährt.

Was magst du trinken, fragte Thorsten.

Lass mal, ich mach das.

Ich bestellte zwei Glühwein an einer kleinen Bar am Ende der Abfahrt. Ein Herr, der ein T-Shirt trug, auf dem stand: Grüazi, i bin der Alois, nahm die Bestellung entgegen.

Macht zehn Euro, sagte der Alois.

Zwanzig Mark für zwei Glühwein, ich lass das mit dem Schreiben und mach schräg gegenüber einen Glühweinstand auf, dachte ich.

Das ist aber teuer, sagte ich.

Er murmelte etwas und nahm die beiden Gläser wieder mit.

Im Hintergrund lief der Steuersong. Elmar Brandt hatte nach Jahren Anton aus Tirol beim Après-Ski verdrängt. Alle kannten den Text und sangen mit.

Wie können die sich über zu hohe Steuern beschweren und fünf Euro für einen Glühwein zahlen, fragte ich mich. Ich ging zurück zu Thorsten.

Wo ist der Glühwein?

Alois will zehn Euro dafür haben. Das ist teuer, sagte Thorsten.

Ich dachte an meine Eltern. Sie wären stolz auf mich, dass ich nicht zehn Euro für zwei kleine Becher Glühwein gezahlt habe, dass ich Skifahren war, habe ich nicht erzählt. Sie würden es nicht verstehen.

Nasa-Anruf nach Grundstückskauf

Sag mal, meinst du, es wäre eine sehr dumme Idee, wenn wir dieses Jahr Oma und Opa einfach einen Briefumschlag mit Kohle geben, fragte mich Jaime am Telefon. Ich könnte die Scheine ja schön zu einem Hemd zusammenfalten ...

Jaime ist mein Bruder. Dieses Jahr sollte er sich um die Geschenke für unsere Großeltern kümmern. Er ist Manager bei Siemens in Spanien, ein netter Kerl, aber ich hoffe für Siemens, dass er nicht die Werbegeschenke für die Kunden aussucht.

Das geht nicht, du kannst Oma und Opa kein Geld schenken, antwortete ich.

Warum nicht, fragte Jaime, erstens können sie es bei ihrer spanischen Witzrente gut gebrauchen, und außerdem schenken sie uns auch immer Geld zu Weihnachten. Diesmal geht es eben in die andere Richtung.

Großeltern dürfen Geld verschenken, Enkel nicht, so ist die Regel, sagte ich.

Blöde Regel, sagte Jaime. Er überlegte. Mama hat gesagt, dass Oma sich letztes Jahr riesig über das Nachthemd, das sie ihr gekauft hat, gefreut habe.

Das Nachthemd war ja auch eine gute Idee, sagte ich.

Steht Oma auf Satin oder Seide?

Mein Bruder ist ein sehr attraktiver Mann, der bei Frauen gut ankommt und das auch weiß. Früher hat er seinen Freundinnen Unterwäsche geschenkt, ausgefallene Unterwäsche, so ausgefallen, dass meine Mutter nicht einmal sagen könnte, wo es so etwas zu kaufen gibt. Ich wollte mir gar nicht vorstellen, wie ein Nachthemd aussieht, das Jaime für unsere Großmutter ausgesucht hat.

Weißt du was, vergiss es, ich kaufe etwas, sagte ich.

Super, sagte Jaime, sehen uns dann Weihnachten, tschüss. Er legte auf.

Clever, das miese Stück, dachte ich, er wird sicher mal Vorstand.

Eigentlich ist die Geschenkwahl für meine Großeltern einfach. Oma liebt deutsche Schokolade, Opa amerikanische Zigaretten. Das sind die Dinge, mit denen ich ihnen eine Freude machen könnte. Leider hat meine Oma dreißig Kilo Übergewicht, Opa einen Bypass und beide zusammen einen strengen spanischen Landarzt. Señor Pérez hat versprochen, meine Großeltern durchs Dorf zu prügeln, wenn sie sich nicht an seine Anweisungen halten, und er ist nicht der Typ, der Witze macht.

Ich ging an meinen Computer und gab bei Google das Wort »Geschenke« ein: 1 260 000 Treffer. Ich surfte Stunden. Irgendwann war ich fast so weit, meiner Oma einen bisher unbenannten Stern zu kaufen. Ein Stern der ersten Helligkeitsstufe kostet 159 Euro. Dann fiel mir aber ein, dass sie kurzsichtig ist. Ich entschied mich für ein Mondgrundstück. Wahrscheinlich war noch nie ein Münchner Immobilienmakler auf dem Mond, die Preise da sind echt fair. 1000 Quadratmeter kosten 24,95 Euro, etwas über 4000 Quadratmeter gibt es für 39,95.

Perfekt, dachte ich.

Jetzt noch was für Opa. Vor kurzem hatte ich ein schönes Interview mit Eugene Cernan gelesen. Er war Kommandant auf der Apollo-17-Mission. Der letzte Mann auf dem Mond. Cernan erzählte, dass sein Mondauto noch oben steht und dass es fahrbereit ist. Ich rief Jaime an.

Du musst mir helfen, es geht um Opas Geschenk. Für Oma hab ich schon was.

Was soll ich tun, fragte Jaime.

Schreib dir die Nummer auf: 001-202-358-0000.

Was ist das?

Die Nummer des Nasa-Hauptquartiers.

Aha, und wofür?

Ruf da an und sag denen, dass wir die Fahrzeugpapiere eines ihrer Autos bräuchten.

Im Land der Eurovisions-Versager

Wir sind früher jeden Sommer mit unserem blauen Opel Rekord Berlina nach Spanien gefahren. Main-Kinzig-Kreis – Ostandalusien. 2200 Kilometer, die Autobahn nur bis Valencia. Papa, Mama, Paco, Jaime, ich. Unsere Bestzeit betrug 26 Stunden. Aufgestellt 1983. Die Fahrt von 1983 wurde zur Legende. Ich war damals elf, und wir sollten nie wieder so schnell sein. Wir waren jung.

Ich verbrachte die 83er Fahrt so wie alle anderen davor.

Ich zählte, wie viele Autos uns überholten, was ich für eine sehr ernste Aufgabe hielt. Als ich meinem Vater sagte, dass uns nur fünf überholt hätten, sagt er: Ach, ja?

Waren aber zehn, antwortete Paco, und mir fiel wieder ein, warum ich ihn damals nur kleiner Scheißer nannte.

Eigentlich wollte ich ihm gleich eine pfeffern, vor meinem Vater ging das aber nicht.

Zehn? Bist du bescheuert? Fünf.

Ist nicht so wichtig, sagte mein Vater.

Nicht so wichtig? Ich hatte 26 Stunden nicht geschlafen für die Information, und er sagte, dass sie nicht wichtig sei.

Vielleicht ist er einfach nur müde von der Fahrt, dachte ich.

Ich weiß noch, dass ich mich 1983 besonders auf den Urlaub gefreut habe. Es war das schlimmste Jahr meines Lebens gewesen. Ich hatte die Schule gewechselt, und mein neuer Lehrer, Herr Wienert, sagte mir bei jedem schlechten Diktat, dass seit dem Untergang der Armada mit Spaniern nichts mehr los sei. Ich wusste nicht, was die Armada war, ich wusste nur, dass »armado« auf Spanisch »bewaffnet« bedeutet und dass ich das gerne in seiner Anwesenheit gewesen wäre. Das Schlimmste war aber Remedios Amaya. Grand Prix d' Eurovision de la Chanson, 1983. *¿Quién maneja mi barca, quién?* Wer führt mein Boot, wer? So hieß das Lied. es war das blödeste Lied der Welt. Wer führt mein Boot, fragte sie, keine Ahnung, der Kapitän vielleicht, was wusste ich denn. Amaya trat barfuß auf und bekam einen Punkt. Ich glaub von Österreich. Es war erniedrigend.

Spain no points. L' Espagne zero points, Spanien keinen Punkt. In der Klasse wurde das zum meistgesagten Satz, wenn ich im Unterricht etwas nicht wusste. Die Steigerung hatte sich der Klassenclown einfallen lassen: Spanien keine Punkte, aber ein paar Sandalen hätten wir noch.

Das war vielleicht eine Scheiße.

1983 freute ich mich auf Spanien. Ich glaubte, dass ich dort nicht allein wäre. Ich wäre umgeben von Armadaverlierern und Eurovisionsversagern. Als mich bei der Begrüßung mein Opa in den Arm nahm, sagte er: Mein Gott, seid ihr aber groß geworden, echte Riesen. Ist ja auch kein Wunder. Deutsche sind viel größer als wir.

Hirni, Jaime und ich

Ich war elf und hatte den Spitzenfilm *Keiner haut wie Don Camillo* gesehen. In der letzten Szene gewinnt die Kindermannschaft von Terence Hill gegen die von Don Peppone kurz vor Schluss durch eine tolle Freistoßvariante. Anlauf, Finte, Übersteiger, Hacke, nochmal Finte, Drehung, Außenspannpass, Fallrückzieher, zack, drin das Teil. Großer Sport.

Den Trick habe ich vor kurzem in einer bis zur Lächerlichkeit vereinfachten Variante bei Leverkusen gesehen, und ehrlich gesagt sah es nicht nach Absicht aus. Oliver Neuville hat das Tor geschossen. Oliver Neuville hat als Stürmer in 30 Länderspielen drei Tore geschossen. Der Kommentator kann erzählen, was er will, aber eine Freistoßvariante, bei der am Ende Neuville das Tor schießen soll – die kann nicht so geplant sein.

Eine Finte, Hirni, du musst eine Finte machen, sagte ich zu Paco.

Ich war in der Phase, in der ich meinen Bruder immer nur Klugscheißer oder Hirni nannte. Er war in der Phase, in der er sich weigerte, die einfachsten Dinge zu verstehen.

Was ist 'ne Finte, wollte Hirni wissen.

Wieso kann man Freistoßvarianten nicht alleine üben, fragte ich mich.

Pass auf! Du läufst an, schaust immer aufs Tor, ja, tust so, als würdest du schießen, schiebst aber – ohne mich anzuschauen – den Ball zu mir. Ich schieß dann das Tor.

Ich möchte das Tor schießen.

Ich schaute ihn nur sehr ernst an.

Unsere Eltern kamen erst um drei von der Arbeit. Bis dahin gehörte das Wohnzimmer uns. Ich nahm den Gummibaum und die Birkenfeige meiner Mutter und band einen Besenstil dazwischen.

Eins-a-Tor, was, Hirni?

Er war noch immer sauer, weil er nicht schießen durfte. Ich ging zu meinem anderen Bruder, Jaime.

Du musst ins Tor, sagte ich.

Jaime war fünf und sagte irgendwas von Angst. Als ich ihm erzählte, was ich mit seinem kleinen Finger machen würde, wenn er sich weigerte, gab er nach. Er stand zwischen Gummibaum und Birkenfeige und winselte. Er tat mir Leid. Ich ging in die Küche und holte Topflappen.

Das sind Super-Extra-Polsterungs-Fußballhandschuhe, sagte ich.

Er glaubte mir, und ich konnte mich endlich aufs Toreschießen konzentrieren. Paco lief an und machte alles richtig. Eine Superfinte – die Schulranzenmauer reagierte nicht mal –, dann der Sahnepass. Ich nahm an, Hacke, Drehung, lupfen, Seitfallzieher, Flugkurve direkt Richtung Winkel. Es war perfekt.

Doch mit dem, was dann passierte, konnte wirklich niemand rechnen. Jaime sprang, streckte sich und kratzte mit den blöden Topflappen das Ding aus der Ecke.

Jaime strahlte.

Hirni, der wieder mal nichts verstanden hatte, sagte: Ey, supergeil.

Ich glaube, ich habe damals sogar geheult. Mir blieb nichts anderes übrig. Ich ging zu Jaime und verdrosch ihn.

Vom Schmerz, kein Bayern-Fan zu sein

Seit 1969 wurde Bayern München in jeder Legislaturperiode mindestens einmal Meister. Kiesinger, Brandt, Schmidt, Kohl, Schröder, sie alle mussten mindestens einmal zwischen den Bundestagswahlen den Bayern zur Meisterschaft gratulieren.

Ich habe Freunde, von denen man nicht sagen kann, dass sie Bayern hassen. Es ist viel mehr als das. Einer erinnert sich zum Beispiel bei jedem Stadionbesuch an das Spiel von Eintracht Frankfurt gegen die Bayern in der Saison 1994/95. München gewann 5:2. Leider hatte Giovanni Trapattoni einen vierten Amateur eingewechselt. Ich weiß zwar nicht warum, aber das ist verboten. Das Spiel wurde mit 2:0 für Eintracht gewertet. Ein anderer Kumpel erzählte mir, dass genau an seinem Geburtstag im Jahre 1973 Kaiserslautern 7:4 gegen Bayern gewann – und das, nachdem es nach 60 Minuten noch 1:4 gestanden hatte. Gegen wen Bayern die höchste Packung bekam, wissen beide: 0:7 gegen Schalke. Über zwanzig Jahre her.

So etwas wie einen Bayern-Fan gibt es nicht, sagen die beiden, und ich glaube, dass ich weiß, was sie meinen. Mein Erdkunde-Lehrer war Werder-Fan. Als Kutzop damals den Elfer an den Pfosten pfefferte und die Meisterschaft flöten ging, wurde er krank. Ernsthaft krank. Der Unterricht fiel eine Weile aus. Dass ich die meisten Hauptstädte Afrikas nicht kenne, liegt meiner Meinung nach an Kutzop. Und als Eintracht vor einigen Jahren die Meisterschaft im letzten Spiel gegen Rostock verbockte, wurde ich krank.

Bayern-München-Fan sein ist wie ein Auto mit Airbag fahren. Wenn es kracht, tut es nicht weh, und falls doch, dann nicht lange. Wenn Bayern nicht dieses Mal gewinnt, dann eben das nächste. Bayern-Fans wissen nicht, wie es ist, wenn man das Gefühl in sich trägt, nie in seinem Leben seinen Verein als Meister zu sehen. Zu wissen, dass man nie zu den Gewinnern zählen wird. Dass man sich irgendwann für den falschen Club entschieden hat und die meisten Samstagnachmittage damit verbringt, sich über ein miserables Spiel seiner erbärmlichen Mannschaft zu ärgern, ohne dass man es ändern könnte, weil es so etwas wie Scheidung im Fußball nicht gibt. Nur zwei Arten von Menschen verstehen nicht, wie man sich da fühlt: die klugen Leute, die Fußball nicht interessiert – und Bayern-Fans.

Legenden passen nicht

Damals in der Schule habe ich es gehasst, mit Yussuf Fußball zu spielen. Gegen ihn war in Ordnung, aber ich wollte auf keinen Fall mit ihm in einer Mannschaft spielen.

Yussuf machte mich fertig. Vor dem Tor hätte er sich lieber beide Hände abgehackt, als dass er mir – der ohne Gegenspieler neben ihm stand – den Ball abgegeben hätte. Ich bin nicht ganz sicher, aber ich könnte wetten, dass im Türkischen die Formulierung »der besser postierte Mann« nicht existiert. Wahrscheinlich gibt es Dutzende von Umschreibungen für »aus der Tiefe des Raumes kommend« oder »eine Abwehr ausgetanzt«. Yussuf hat im Strafraum grundsätzlich nicht abgegeben, er hat nicht einen Pass gespielt. Vier Jahre Grundschule, zwei Jahre Förderstufe, vier Jahre Realschule, drei Jahre Gymnasium – nicht ein einziges Mal.

Einmal hätte ich mich fast mit ihm ernsthaft gestritten. Er hatte die halbe Abwehr ausgespielt und ein schönes Tor geschossen. Vollspann, unten rechts, keine Chance für den Torwart. Okay, es sah fantastisch aus, aber ich bin davor mindestens zehnmal neben ihm hergerannt, und er war immer gescheitert, ohne mich mitspielen zu lassen. Außerdem hatten wir natürlich verloren.

Es dauerte lange, bis ich Yussuf verstehen sollte. Vor einiger Zeit habe ich einen Text von Wolfgang Salewski, einem Sportpsychologen, gelesen. Salewski schreibt: Es kann als gesicherte Erkenntnis gelten, dass Fußballspieler mehr als die Hälfte ihrer Energie in Konkurrenz- und Profilierungskämpfe investieren.

Das wusste ich nicht. Auch nicht, dass die optimale Mannschaftsgröße fünf bis sechs Personen beträgt. Wie beim Volleyball, zum Beispiel. Beim Volleyball ist Abgeben gewissermaßen die Spielgrundlage, was erklärt, warum ich und die Türken in meiner Klasse Volleyballspielen fast so sehr gehasst haben wie Vokabeltests.

Yussuf sagte mir mal, wir waren beide mittlerweile erwachsen, dass es doch nur ein Spiel gewesen sei.

Ein Spiel, das wir ständig verloren hätten, weil er so eigensinnig war, antwortete ich.

Yussuf erwiderte etwas sehr Kluges, wie ich fand. Er fragte mich, wovon ich meinen Kindern lieber erzählen würde. Von einem auf Grund einer geschlossenen Mannschaftsleistung verdienten und nie gefährdeten 3:1-Erfolg gegen das Rehbein-Gymnasium. Oder davon, wie es damals war, beim Endspiel um die Stadt-Schulmeisterschaft in der siebten Klasse, als Papi nach einer grandiosen Einzelleistung den Anschlusstreffer zum 1:3 schoss – das mit Abstand schönste Tor des gesamten Turniers.

Ich habe mir geschworen, in einem Strafraum nie mehr einen Ball abzugeben. Nie mehr.

Kapitän Ahab war Traktorist

Ich habe mich an meinen Freund Thorsten gewöhnt, wie ich mich an meine zu kleinen Hände oder meinen zu flachen Po gewöhnt habe. Beides gefällt mir nicht, ist aber ein Teil von mir. Ich habe mich damit abgefunden, mich gefügt, man könnte sagen, aufgegeben.

Das Schlimmste an Thorsten sind seine Anrufe am Samstag.

Ich habe ihm deine Adresse gegeben, sagte Thorsten.

Guten Morgen, sagte ich.

Sergej ist in Ordnung, er dürfte gleich bei dir sein.

Wer ist Sergej?

In dem Moment läutete es.

Warte mal, sagte ich und ging zur Tür. Vor mir stand ein älterer Herr mit Bart. Er trug einen dunklen Anzug, darunter ein Polyamidhemd, das aussah, als würde es gut brennen. In der rechten Hand hielt er eine Angelrute, in der linken einen Eimer.

Ich Sergej, Aussiedler.

Einen Moment, sagte ich und lief ans Telefon, während der Mann in meine Küche ging.

Hast du sie noch alle, fragte ich Thorsten. Was will Kapitän Ahab hier?

Was Thorsten dann erzählte, erklärt ein wenig, warum ich ihn mag. Er hatte Sergej beim Tanken kennen gelernt. Thorsten spricht Russisch und erkennt Aussiedler aus hundert Metern. Sergej war Traktorist in Samara. Guter Mann. Thorsten sagt immer, dass jemand ein guter Mann sei, wenn er jemanden mag. Sergej habe erzählt, dass er kräftig sei, hart arbeite und von seiner neuen Heimat nur eines verlange: Er wolle in ihr angeln, wie früher in Samara.

Ohne Fischereiprüfung geht das hier nicht, sagte Thorsten. Er braucht jemanden, der ihm beim Lernen hilft. Du könntest das machen, so eine Ausländer-hilft-Ausländer-Sache. Mir fehlt die Geduld für so was, sagte Thorsten. Dann legte er auf.

Ich war zu müde, um ihn noch mal anzurufen. Ich ging in die Küche.

Sergej hatte das Lehrbuch in der Hand. Er sah traurig aus.

Wie viele Fragen sind es, fragte ich.

341, sagte Sergej.

Was für Fragen?

Er reichte mir das Buch, und ich blätterte. Sergej tat mir Leid. Die Fragen waren übel. Um hier zu fischen, muss man wissen, ob ein Querder die Larve oder das ausgewachsene Weibchen der Neunaugen ist oder wann die Kopfform beim Aitel auffällig ist, wann sie drehrund, hochrückig oder bodenförmig ist.

Am besten gefiel mir die Frage nach der durchschnittlichen Eizahl pro Kilogramm Körpergewicht beim Karpfen. Sergej erzählte mir, dass derzeit überall diese Prüfungen seien. In den Kursen säßen russische Aussiedler, die kaum etwas verstünden. Schon gar nicht, warum man ein Biologiestudium braucht, um ein wenig am Fluss zu sitzen und an seine Kindheit zu denken.

Sergej hatte natürlich Recht, obwohl ich einige Fragen doch für recht sinnvoll hielt, zumal, wenn man sie an Russen richtete. Eine zum Beispiel stellte unmissverständlich klar, dass es in deutschen Flüssen verboten ist, mit Dynamit zu fischen. Ich weiß nicht, ob das jedem so klar ist. Man hört ja viel über Russland.

Was machst du dieses Wochenende, fragte er mich.

Weiß ich noch nicht. Sergej, denkst du, ich sollte lernen, wie der Steinbeißer laicht?

Sergej lächelte.

Vorstellungsgespräch bei Antonio, José María und Enrique

Ich bin froh, dass es diesen Zwei-plus-vier-Vertrag zwischen mir und meinen Eltern gibt. Es hat gedauert, bis wir so weit waren, aber es hat sich gelohnt. Wir verstehen uns jetzt besser. Der Vertrag enthält einfache und klare Regeln. Juristen sagen, Verträge brechen Streit. Wie Recht sie haben.

Wir haben festgelegt, dass ich meine Eltern Ostern und Weihnachten besuche, zusätzlich an zwei Wochenenden im Jahr. Macht in der Summe vier. Sie hingegen kommen einmal im Sommer und einmal im Herbst, also zweimal. Keine Vorwürfe, keine Entschuldigungen, keine Ausreden, zwei-plus-vier.

Der Ablauf eines Besuchs bei meinen Eltern ist immer gleich. Nach der Begrüßung küsst meine wunderbare Mutter meine Wangen und streichelt meine Haare, dann erwähnt sie beiläufig, dass unverheiratete Männer früher sterben als verheiratete. Ich antworte ihr dann, dass ich ihr nie wieder eine Frau vorstellen werde und dass sie schon wisse, warum.

Am Nachmittag treffe ich mich mit einem Schulfreund. Er ist Banker, ein netter und etwas langweiliger Junge.

Er stellt seiner Mutter auch niemanden vor, was wohl daran liegt, dass sein Profil einer Traumfrau weniger einer Frau als einer Schweizer Staatsobligation ähnelt.

Das Schönste an den Wochenenden aber sind die Debatten zwischen mir und den andalusischen Betonkopf-Freunden meines Vaters. Es liegt vermutlich an ihnen, dass ich bei der Heimfahrt glücklich und geschafft im Zug sitze und an Giovanni Trapattoni denke. Manche Menschen stellen sich wütende Südländer wie Trapattoni bei dieser Pressekonferenz vor, als er die Mannschaft zusammenstauchte.

Würde aber RTL nur eine Diskussion zwischen mir und den Freunden meines Vaters übertragen, vielleicht bekäme man eine Ahnung, wie es wirklich ist, wenn Männer aus dem Süden laut werden. Die Qualität eines Arguments steigt bei Andalusiern synchron zum Dezibelwert, mit dem es geäußert wurde, so ist die Regel.

Die einzige Frau, die ich jemals meinen Eltern vorgestellt habe, kannte sie nicht. Vielleicht verließ sie mich deshalb einige Wochen später, ich weiß es nicht. Zu diesem Mädchen, das ich sehr liebte, hatte ich gesagt: Meine Eltern sind toll, aber sollten die Freunde meines Vaters da sein – und sie werden da sein, denn sie sind es immer –, dann rede nicht über Politik mit ihnen.

Warum nicht, fragte sie.

Nimm das einfach hin, sagte ich. Mit Antonio, José María oder Enrique wird nicht diskutiert. Nicht über die Eta, nicht über den Stierkampf und schon gar nicht und niemals über Gibraltar. Diskutiere nicht, bitte.

Stierkampf ist keine Politik, sagte sie.

Stierkampf ist Politik, sagte ich.

Es dauerte zehn Minuten. In zehn Minuten hatten drei andalusische Hyänen aus einer selbstbewussten Studentin und ihrer moderat-zentraleuropäischen Meinung zum Gibraltarkonflikt eine kollabierende Heulboje gemacht.

Dieses hinreißende Wesen hatte nicht die Bedeutung von Regeln erkannt. Für die Freunde meines Vaters ist Diskutieren nichts anderes als Boxen mit Worten. Finten, Hiebe, Schläge, Treffer, all das gehört dazu. Im richtigen Moment laut werden, brüllen, das ist entscheidend. Diskutieren ist eine Kunst, etwas, was man lernen muss, so wie Fahrrad fahren oder Kuchen backen.

Sie wusste das nicht. Vielleicht war sie einfach zu jung. Solltest du mir jemals wieder eine Freundin vorstellen wollen, schick ich die drei vorher weg, hat mir meine Mutter mal gesagt, das verspreche ich dir.

Wir haben auch hier einen Vertrag.

Der Marshall-Plan auf dem Motorrad

In der langen Reihe von Dingen, die ich mache und die meine Mutter nicht versteht, ist Fasten in ihren Augen das Absurdeste. Ich fange dieses Wochenende wieder damit an, und es war keine gute Idee, meiner Mutter davon zu erzählen. Sie ist zu einer Zeit geboren, als Franco die Macht in Spanien übernommen hatte. Ich weiß nicht, ob sie jemals hungern musste, darüber redet sie nicht. Ich weiß nur, dass meine Großeltern sehr arm waren und bis heute kein Essen wegwerfen.

Wenn ich mit meiner Mutter über ihre Kindheit rede, muss ich an *Bienvenido Mister Marshall* denken, einen sehr alten und sehr schönen spanischen Film. Er erzählt die Geschichte eines kleinen Dorfs, das nach Kriegsende auf die Amerikaner wartet, weil die den Fortschritt bringen. Niemand weiß so genau, was der Fortschritt ist und was man damit macht. Vielleicht sollte man den Fortschritt erstmal mit nach Hause nehmen und ihn in Ruhe auspacken, sagt einer. In der letzten Szene stehen alle Dorfbewohner nervös auf der Plaza. Die Musikkapelle steht bereit, die Häuser sind geschmückt, der Bürgermeister trägt einen Anzug. Plötzlich sieht man eine Staubwolke. Ein Motorrad erscheint. Es fährt schnell auf die Leute zu, umkurvt sie und rast aus dem Dorf. Das war der Fortschritt. Die Einwohner schauen sich an und finden, dass, wenn der Fortschritt schon nicht anhält, er zumindest grüßen könnte.

Ich stelle mir immer diesen Film vor, wenn meine Mutter von ihrem Dorf erzählt. Sie wuchs in der Nähe von Almería auf, in einem kleinen Ort nicht weit vom Meer, von dem sie sagt, dass dort damals die Männer noch Männer waren, und von dem ich sage, dass deshalb die Schafe Angst haben mussten. Der bekannteste Mensch aus der Gegend heißt Manolo Escobar. *E viva España* ist von ihm. Eigentlich heißt es *Que viva España*, aber Deutsche singen es stets falsch. Es ist ein nationalistisches Mistlied, aber es ist der größte Erfolg von Manolo Escobar. Escobar ist eine Art Udo Jürgens, nur dass er Gitarre spielt und niemals mit einem Bademantel auf die Bühne gehen würde. Meine Mutter verehrt diesen Mann sehr. Leider hat er 30 Jahre über die Schönheit der Spanierinnen gesungen und dann im Kölner Dom eine Deutsche geheiratet. Ich denke nicht, dass meine Mutter ihm das jemals verzeihen wird.

Warum tust du das, fragt sie mich.

Weil es gesund ist. Fasten entschlackt den Körper, außerdem nehme ich etwas ab, was nicht so verkehrt ist.

Und was darfst du essen?

Ja, nichts. Fasten bedeutet, dass man nichts isst. Es gibt nur Tee und verdünnten Saft. Ich traue mich nicht, ihr zu sagen, dass man zusätzlich alle zwei Tage einen Liter Wasser mit Glaubersalz trinken muss, damit sich der Darm entleert. Ansonsten, habe ich gehört, wird man vom Darminhalt vergiftet.

Ich finde das nicht richtig, sagt sie.

Warum nicht?

Niemand darf hungern, auch nicht freiwillig.

Aber ich hungere doch gar nicht, sage ich. Auf eine gewisse Art ist das eine Lüge. Beim letzten Mal war mir aufgefallen, dass ich während der Fastenwoche nur bei den Privaten ferngeschaut hatte. Dort werden auch nach 20 Uhr Werbespots für Lebensmittel gezeigt.

Weißt du, warum ich als kleines Kind mal furchtbar geweint habe, fragt sie.

Warum?

Weil Melonenernte war und wir an diesem Tag so viele Melonen essen durften, wie wir wollten. Ich habe geweint, weil ich nach einer Melone satt war und keine mehr essen konnte.

Was soll das heißen?

Faste nicht, bitte.

Herr Wahltermann mag keine Treppen

Mein Treppenhaus ist in einem zarten Fliederton gestrichen, die Stufen etwas kräftiger in einem mutigen Lila. Es sieht ein wenig verwegen aus. Ich glaube, dass der Vermieter sehr verliebt gewesen sein muss, als er die Farbe aussuchte. Als er Frau Betz aussuchte, war er es nicht. Sie ist meine Hausmeisterin. Das Wochenende begann mit ihrem Besuch.

Sie sind der neue Mieter, nicht wahr?

Warum fragen Menschen Dinge, die sie schon wissen?

Ja, sagte ich, vor einigen Wochen bin ich eingezogen.

Gut, wollte Ihnen auch nur sagen, dass wir in diesem Haus keine Fußmatten vor die Tür legen. Das ist bei uns nicht üblich. Wir mögen das nicht.

Ich dachte einen Moment, wer ist wir?

Können Sie mir vielleicht sagen, warum Fußmatten verboten sind, fragte ich.

Wenn Sie möchten, können Sie die Fußmatte in die Wohnung legen, sagte Frau Betz. Gleich hinter die Tür, dagegen haben wir nichts.

Ich weiß nicht, warum sie mir die Frage nicht beantwortete.

Noch etwas. Das Fahrrad im vierten Stock, Sie haben es an das Geländer gekettet, bis morgen ist das bitte im Fahrradkeller.

Das gehört mir nicht. Ich habe gar kein Rad. Ich kam mir vor wie der Italiener aus der Werbung. Nur dass Frau Betz nicht wie ein Fotomodell aussah und ich ihr für kein Geld der Welt einen Kaffee angeboten hätte.

Stellen Sie das Rad in den Keller, da kommt es nicht weg. Dafür haben wir den Raum, sagte sie und ging das lila Treppenhaus hinunter.

Ich mag es nicht, wenn die Dinge sich zu sehr ändern. Bisher waren meine Hausmeister nett. Mein letzter Hausmeister hat mir seinen alten Werkzeugkasten geschenkt. Er war ein gütiger Mann. Das Treppenhaus war beige. Nun trat Frau Betz in mein Leben. Ich rief eine Freundin an.

Ich würde viel für eine Frau Betz geben, sagte Sandra, die seit einem halben Jahr in der Nähe des Savignyplatzes wohnt. Eine ziemlich furchtbare Ecke in Berlin. Am Savignyplatz versucht die Stadt wie München oder Düsseldorf zu sein. Es gelingt ihr wie so ziemlich alles nur halb.

Herr Wahltermann ist der Hausmeister von Sandra. Er ist 60 und wohnt mit seiner Frau im vierten Stock. Sandra ist ins Erdgeschoss gezogen. Das Hobby von Wolfgang Wahltermann ist der Garten im Innenhof.

Es passierte letzte Woche. Sandra war früh nach Hause gekommen. Sie kam gerade in die Wohnung, als das Telefon klingelte. Es war Frau Wahltermann. Sie erzählte Sandra, dass sie ihren Mann nicht im Garten sehen könne, und fragte, ob er vielleicht bei ihr sei.

Wie kommen Sie darauf, fragte Sandra.

Sind Sie sicher, dass er nicht da ist?

Ja, bin ich, sagte Sandra.

Auch nicht im Schlafzimmer?

Sandra ging in den Raum. Auf dem Bett lag Herr Wahltermann. Er blickte langsam auf, schaute müde und sagte: Jetzt mal ganz ruhig.

Er wohne ganz oben im Haus. An heißen Tagen würde die Wohnung zu einer Sauna werden. Das läge am Dach. Schlechte Dämmung, sagte er.

Da die Gartenarbeit aber anstrengend sei, müsse er sich

ausruhen. Er verlange nur etwas Mithilfe von den Bewohnern. Ist das zu viel verlangt für einen schönen Garten, fragte Herr Wahltermann.

Sandra sucht jetzt eine Wohnung.

Ich habe nach dem Telefonat mit Sandra die Fußmatte weggetan, mit einer Zange das Schloss geknackt und das Rad, das mir nicht gehört, in den Keller gestellt. Ich überlege auch, ob ich Frau Betz Blumen bringen sollte.

Rückwärts immer, vorwärts nimmer

Ich werde heute sehr früh aufstehen, nach Hohenschönhausen in Ostberlin fahren, mit der Videokamera aufzeichnen, wie die Autos da parken, und Thorsten beweisen, dass ich keine Meise habe.

Thorsten ist ein Freund, von dem ich nicht weiß, warum er das ist. Wir streiten uns jedes Mal, wenn wir uns sehen, aber meldet er sich einige Tage nicht, vermisse ich ihn. Vielleicht sollten wir heiraten.

Ich war einige Tage nicht in Berlin gewesen. Thorsten kam zu mir, weil wir uns eine Zeit lang nicht gesehen hatten. Es dauerte zehn Minuten, bis wir uns wegen europäischer Pinkelbecken, Uhrenanzeigen in Magazinen und des Einparkverhaltens der Ostdeutschen stritten.

Ich streite mich über alles mit Thorsten. Politik, Fußball, Frauen. Er findet Milla Jovovich schöner als Salma Hayek, Volkswagen besser als Alfa Romeo, The Housemartins besser als The Smiths, Bernd Schuster brillanter als Uwe Bein. In *A Beautiful Mind* nennt Russell Crowe seinen Hiwi »Jünger des Trivialen«. Ich nenne Thorsten auch so.

Weißt du, was mir aufgefallen ist, fragte ich Thorsten. Deutsche Pinkelbecken sind im europäischen Vergleich klein, die kleinsten. Gleich, ob in Spanien, England, Estland, Schweden oder Polen, die deutschen Becken sind kleiner. (Sie sind auch die saubersten, aber das behielt ich für mich.)

Was redest du wieder für ein Blech, sagte Thorsten.

In Spanien haben die Pinkelbecken die Größe einer Waschmaschine, sagte ich. An den Seiten haben sie Sichtschutzflügel. Schwedische und englische sind kaum kleiner. Estnische sind mittelformatig. Deutsche sind klein.

Weil wir zielen können, sagte Thorsten.

Glaube ich nicht. Sie hängen nämlich höher. Warum sollte man sie hoch montieren, wenn die Leute zielen können? Außerdem sage ich ja nur, dass Europa im Sanitärbereich noch nicht zusammengewachsen ist.

Dafür in anderen Bereichen, sagte Thorsten. In der Werbebranche, zum Beispiel. Wusstest du, dass die Uhrzeit auf den Werbeanzeigen in den Herrenmagazinen immer gleich ist? Europaweit.

Quatsch, sagte ich.

Thorsten nahm ein altes Magazin der *Süddeutschen* und blätterte. Er zeigte mir eine Anzeige. Auf der Uhr war es zehn nach zehn. Das Gleiche machte er mit der Beilage von *El País* und der englischen Ausgabe der *Baltic News*, die auch bei mir rumflogen. Überall war es zehn nach zehn auf den Anzeigen verschiedener Uhrenmarken.

Noch Fragen, du Wurm, sagte Thorsten.

Wusstest du, Thorsten, dass Ostdeutsche rückwärts einparken?

Mir war das vor einigen Wochen in der Pablo-Picasso-Straße in Hohenschönhausen aufgefallen. Zwischen den Plattenbauten gibt es Hunderte von Parkplätzen, enge Buchten, wie man sie von einem Parkhaus kennt. Alle Autos, wirklich ohne Ausnahme, fuhren nicht einfach vorwärts in die Parklücken, sondern rückwärts. In den nächsten Tagen hatte ich darauf geachtet, in Pankow oder an der Ostsee – Ossis parken rückwärts ein.

Ich habe lange überlegt, woran das liegen könnte. Ein Kollege sagte mir, dass rückwärts Einparken leichter sei. Ich halte das für Unsinn. Ein ostdeutscher Freund sagte mir, dass rückwärts Einparken typisch für den Ossi sei: Erst den Arsch in Sicherheit und bei Gefahr schnell weg, ostdeutsches Verhalten, sagte er. Ein Arbeitskollege, auch Ostdeutscher, sagte, dass sie bei der NVA sogar die Panzer rückwärts eingeparkt hätten. Vielleicht habe das geprägt, er wisse es nicht.

Ich weiß es auch nicht. Ich weiß nur, dass Thorsten mir das nicht glaubt. Und dass ich deswegen das Wochenende in Hohenschönhausen verbringen werde.

Onassis auf Zidane

Thorsten hatte sich schon lange nicht gemeldet, was nur bedeuten konnte, dass er eine Freundin hatte. Oder ausnahmsweise mal Geld. Er leiht sich ständig etwas bei mir. Wenn nicht ich Thorstens Freund wäre, sondern Berlin, dann wäre er die Bankgesellschaft. Solange ich denken kann, leiht er sich bei mir Geld.

Na, was hält der Morgen bereit, fragte er mich am Telefon. Thorsten war gut gelaunt.

Nichts, sagte ich. Ich liege auf Zidane und lese ein Buch über die Liebe.

Auf wem liegst du?

Ich hatte vergessen, Thorsten zu erzählen, dass ich eine neue Couch habe. Ihr Name ist Zidane, sie heißt wie der beste Fußballer der Welt. Als ich sie im Laden sah, wäre es mir lieber gewesen, sie hätten sie Hayek oder Binoche genannt. Die Couch ist wunderbar – cremefarben, bequem und sehr breit. Die Verkäuferin hatte mir zu Beginn des Gesprächs gesagt, dass ich ruhig Merlot über sie gießen könne. Ich weiß nicht, warum sie das sofort erwähnen musste. Vielleicht sehe ich aus wie jemand, der Merlot verschüttet.

Flecken machen ihr nichts aus. Zidane hat eine abstoßende Wirkung, sagte sie.

Gefällt mir, sagte ich.

Bis zur Lieferung dürfte es zwölf Wochen dauern.

Geht's nicht schneller?

Kann nichts versprechen.

Zwölf Wochen sind in Ordnung, sagte ich und tat so, als

würde es mir nichts ausmachen, ein Vierteljahr auf Holzstühlen fernzusehen.

Die Couch kam wirklich nach drei Monaten. Sie hat ein wenig mein Leben verändert. Ich bin jetzt weniger sozial. Seit ich sie besitze, lade ich nur noch ungern Leute zu mir ein. Manche Menschen denken, dass sich Freunde bei einem Besuch heimisch fühlen sollten. Ich denke das nicht. Meine Freunde benehmen sich bei mir immer ganz locker und unverkrampft, als sei das ein Zeichen für das Vertrauen und die Zuneigung, die uns verbindet. Mir wäre es lieber, sie wären unlocker und steif. Wer unlocker und steif ist, verschüttet keinen Merlot.

Welches Buch liest du, fragte Thorsten.

Versuch über die Liebe, Alain de Botton. Ganz gut.

Was steht drin?

Mann trifft Frau, sie verlieben sich, er denkt über sie nach. Bin nicht durch, aber ich glaube, er macht Schluss.

Klingt scheiße, sagte Thorsten.

Ist nicht schlecht. Ich habe jetzt verstanden, warum meine Ex-Freundin darauf bestand, dass unsere Begegnung Schicksal war.

Und warum?

Schicksal ist das Gegenteil von Zufall. Wenn ich glaube, dass meinen Traumpartner zu treffen eine Frage des Schicksals ist, also eine Frage der Zeit, dann spendet das Hoffnung. Funktioniert wie Religion. Der Zufall könnte mich vergessen, das Schicksal nicht.

Schicksal ist für alle da, sagte Thorsten.

Genau. Dein Schicksal ist es, ein Zyniker zu sein, der mich am Samstag weckt und seine Schulden nicht bezahlt.

Mein Schicksal heißt Gabi, hat blaue Augen und ist göttlicher als die Callas.

Freut mich, sagte ich.

Weißt du, mit wem sie verheiratet war?

Die Callas? Mit Onassis, sagte ich, machte eine Pause und fragte: Wie viel, du Arsch? Wie viel brauchst du diesmal?

Couchsiege ohne Kahn-Gen

Am Samstagmorgen lag ich auf meiner neuen Couch und machte zwei völlig richtige Dinge. Ich las alte Zeitungen und ich ging nicht an mein Telefon, das gerade klingelte.

Hi, ich bin's, hörte ich Thorsten durch meinen Anrufbeantworter sagen.

Eher hacke ich mir beide Hände ab, dachte ich und las weiter. Es soll bald Handys geben, die Techniker in Zahnlücken einbauen können, stand da. Ganz kleine, winzige Teile. Es sei wie Stimmen hören. Die Entwickler sagten, dass man das Ding auch als Wecker benutzen könne. Während ich mir vorstellte, wie ich meinen Mund aufmache und mit einer Nadel versuche, die 14-stellige Telefonnummer meines Bruders in Madrid zu wählen, hörte ich Thorsten weiter auf mein Band sprechen.

Geh ran. Du liegst doch wieder auf der Couch.

Genau, dachte ich.

Man muss mich verstehen. Die Anrufe meines Freundes Thorsten sind nicht wie die Anrufe normaler Menschen. Sie sind absurd, unhöflich und krank. Ich muss dazusagen, dass sie oft auch recht lustig sind.

Letzte Woche, zum Beispiel. Brasilien spielte Fußball und Deutschland etwas, was es später zum Weltmeister der Herzen werden ließ. Ronaldo war nach dem Tor noch nicht an der brasilianischen Bank, als mein Telefon klingelte. Thorsten. Er sagte nur zwei Worte zum 1:0 der Brasilianer und legte auf: Kahn passieren!

Thorsten ist ein großer Fan von Kahn. Er mag ihn, weil

Kahn bei Interviews mit *ran*-Reportern nie die Reporter anschaut, sondern immer nur die Decke, und weil Kahn nie Leistung oder motiviert sagt, sondern immer nur Topleistung und topmotiviert.

Während ich an Thorsten dachte, besprach er weiter stur mein Band.

Gehst du bitte mal ans Telefon, bitte, sagte er.

Ich überlegte, ob mein Anrufbeantworter einen Lautstärkeregler hatte. Hatte er, aber ich hätte aufstehen müssen, um ihn zu bedienen. Ich las Zeitung.

Da war wieder etwas über Kahn. Eigentlich war es ein Text über Rainer Schüttler, einen Tennisspieler, der etwas unerwartet gegen einen Spanier in Wimbledon verloren hatte. Schüttler war wirklich fertig nach der Niederlage und suchte nach einer Entschuldigung für etwas, wofür es offenbar keine gab.

Ich hätte es hübsch gefunden, wenn Schüttler gesagt hätte, dass seine Niederlage irgendwie so sei, als halte man einen Ball von Rivaldo aus 17 Metern Entfernung nicht fest, aber Schüttler sagte nur, dass ihm das Debakel gegen Lopez peinlich sei. In dem Artikel stand, dass Schüttler sich nicht zu wundern brauche: Ihm fehle das Kahn-Gen.

Ich weiß nicht, ob Schüttler das trösten wird, aber ich habe das Kahn-Gen auch nicht. Da bin ich mir sicher.

Vor drei Wochen, zum Beispiel, kam in meinem Schlafzimmer die Gardine runter. Jetzt hängt die Stange nur noch an einem Ende an der Wand, die Gardine liegt auf dem Boden. Die zwei Dübel waren aus der Wand gekommen. Es könnte an mir liegen, vielleicht hätte ich größere Dübel nehmen sollen. Vielleicht liegt es auch an dem Maurer. Ich hatte vermutlich einen Maurer ohne Kahn-Gen, schwer zu sagen. Wie auch immer, ich bin mir sicher, dass Kahn die Gardinen nicht drei Wochen auf seinem Schlafzimmerboden liegen lassen würde. Er ist ein Sieger. Meine Siege sind selten, und meistens auch nur sehr klein.

Thorsten legte nach fünf Minuten entnervt auf.

Bryan

Wenn es mir früher schlecht ging, meist wegen einer Frau, die mich nicht liebte, bin ich zu Bryan gegangen, einem irischen Freund. Bryan sagte in solchen Fällen zu mir: Mach dir keine Sorgen, wir unterhalten uns erst mit Jack, und wenn das nicht hilft, nehmen wir Connemara zu Hilfe.

Ich mochte Bryan, er hatte Antworten auf Dinge, die ich nicht verstand, meist waren es einfache Antworten. Für ihn war alles miteinander verbunden, war logisch, ließ sich erklären, manchmal sogar vorhersagen. Der liebe Gott hatte sein irisches Hirn deutlich besser ausgestattet als meins. Er hatte einen Pentium III im Kopf, ich einen Casio-Schulrechner für nicht-wissenschaftliche Anwendungen.

Für Bryan gab es nur wenige Dinge auf der Welt, die sich nicht erklären ließen. Aber der Rest, die Dinge, die nicht logisch, nicht vernünftig, nicht sinnvoll waren, die waren wichtiger, sie machten das Leben aus. Wenn da etwas nicht funktionierte, gab es keine Erklärungen, keine Lösungen, es gab Jack und Connemara, Jack Daniels und Connemara Single Malt Cask Strength. Ein Amerikaner, ein Ire, beide 40 Prozent.

Alkohol ist kein Ausweg, sagte ich.

Bryan tat so, als hätte er diesen unendlich dummen Satz nicht gehört.

Es kann manchmal vernünftig sein, unvernünftig zu sein. Weißt du, was dir ein Ire sagt, wenn du dich über eine Erkältung beschwerst?

Sag's mir.

Das Gleiche, was sie dir bei anderen Schwierigkeiten raten. Nimm einen Whisky-Grog und einen Hut mit ins Bett, häng den Hut an den Bettpfosten am Fußende. Trink so lange von dem Grog, bis du zwei Hüte siehst.

Ich mochte das. Ich bin nie über zwei Gläser mit Jack hinausgekommen, und den Connemara habe ich bis heute nicht probiert. Ich vertrage keinen Alkohol, aber das ist egal. Bryan wusste, wann es richtig war, einen Rat zu geben, und wann es richtig war, die Schnauze zu halten und zu trinken, was so viel bedeutete wie: Alle und alles Scheiße, aber auf mich kannst du bauen.

Bryan ist vor einiger Zeit gestorben. Er ist mit seinem Motorrad, das er sich von seinem ersten Gehalt gekauft hatte, gegen einen Laster gefahren.

Ich muss in letzter Zeit viel an ihn denken. Wenn es mir heute schlecht geht, höre ich Tom Waits. Albern, ich weiß. Mein alter Deutschlehrer hat Tom Waits gehört. Derselbe Lehrer, der uns bis zum Umfallen schwarze Romantik im Unterricht lesen ließ, Tieck, E. T. A. Hoffmann, Hauff, Kerner. Man hätte meinen können, er und nicht wir seien in der Pubertät gewesen.

Auf der neuen Waits-Platte gibt es ein sehr schönes Lied, es hätte Bryan gefallen. Meinem Deutschlehrer vermutlich auch. Es geht so:

Why ask politely, why go lightly, why say please
They only want to get you on your knees
There are a few things I never could believe
A woman when she weeps
A merchant when he swears
A thief who says he'll pay
A lawyer when he cares
A snake when he is sleeping

A drunkard when he prays
I don't believe you go to heaven when you're good
Everything goes to hell, anyway...

Ich stell mir vor, dass Bryan und Tom irgendwann in einem Bett liegen und auf den Hut schauen.

Schachgespräche über die Liebe

Mein Freund Thorsten hat Liebeskummer, sagt aber, dass es ihm besser gehe, seitdem er diese neue Methode entwickelt habe.

Kannst du nicht einfach leiden, wie jeder andere auch, fragte ich.

Die Methode ist aber gut, sagte Thorsten. Sie reduziert das Leiden.

Das Mädchen hieß Rumjana, groß, dunkle Haare, aus Bulgarien. Sie hatte versprochen zu schreiben – er hatte versprochen zu warten. Leider hielt sich nur Thorsten an die Abmachung. Er hatte Rumjana vor einigen Wochen in einer Buchhandlung in Mitte kennen gelernt. Sie blätterte in einem Schachbuch und sah dabei sehr hübsch aus. Thorsten spielt gut Schach, er näherte sich.

Das Buch würde ich nicht kaufen, sagte Thorsten, Mittel- und Endspiel sind brauchbar erklärt, aber was da über die Eröffnung steht, ist schlecht.

Rumjana schaute hoch.

An deiner Eröffnung kannst du auch noch arbeiten.

Ganz toll, dachte Thorsten.

Ihm fiel nichts Kluges ein, so schnell. Er wollte sich schon wegdrehen, als er sagte: Gut, dann e4.

Rumjana lächelte.

Es ist unfair, dass du Weiß hast, aber: c5.

Springer auf f3, antwortete Thorsten.

Sie zog ihren Springer auf c6.

Das Ganze ging noch eine Weile so. Rumjana und Thorsten standen angelehnt an ein Bücherregal, hatten die Augen geschlossen und tauschten Buchstaben und Zahlen aus. Sie spielten Blindschach.

Ich habe nie verstanden, wie Menschen das tun können. Thorsten sagt, dass es nicht schwer sei, gegen jemand anderen zu spielen, ohne ein Schachbrett zu haben. Man müsse sich nur konzentrieren. Wenn ich es nicht besser wüsste, würde ich sagen, er ist ein Genie. Aber Thorsten ist kein Genie, Thorsten ist mein Freund, der mir unglaublich auf die Nerven geht.

Rumjana gewann, sie spielte deutlich besser. Die beiden gingen in ein Café in der Tucholskystraße und redeten lange. Dreimal sollten sie sich noch treffen, dann musste sie zurück nach Sofia.

Als er mir von ihr erzählte, fragte ich Thorsten, ob es denn bei einem dieser Treffen zu einer »kleinen Rochade« gekommen sei.

Ich fand die Formulierung ganz hübsch und außerdem den Gedanken nicht ganz abwegig. Thorsten war entsetzt und fragte, ob ich denn völlig verblödet sei. Er habe sich in die Frau verliebt, da denke er doch nicht an Sex. Ich fand das altmodisch, aber süß, war mir aber nicht sicher, ob die Strategie auch bei Rumjana ankam.

Sie hat sich also noch immer nicht gemeldet, fragte ich.

Nein.

Und wie geht nun deine Liebeskummermethode, fragte ich.

Rumjana hat mir ja gesagt, dass sie schreiben würde. Wenn ich morgens an den Briefkasten gehe, und es liegt kein Brief von ihr drin, ist der Tag für mich gelaufen. Ich bin fertig, am Boden zerstört. Das habe ich nicht ausgehalten.

Und was machst du jetzt?

Ich gehe erst spät am Abend an den Briefkasten. So freue

ich mich den ganzen Tag darauf, dass ein Brief von ihr da sein könnte. Wenn der Briefkasten leer ist, gehe ich sofort schlafen. Am nächsten Morgen stehe ich auf und habe den ganzen Tag Hoffnung, dass sie vielleicht heute geschrieben hat.

Er tat mir Leid.

Ach Thorsten, sagte ich, wer, wenn nicht ein Genie, denkt sich so etwas aus.

Ich verstehe Filippo Inzaghi

Ich habe vor ein paar Tagen mit meinem Freund Enzo aus Messina telefoniert. Dabei ist mir wieder aufgefallen, wie unterschiedlich wir sind und wie leicht es ist, Enzo zum Lachen zu bringen. Zurzeit muss ich nur erzählen, warum Gysi und Özdemir zurückgetreten sind. Es hat eine Weile gedauert, bis ich Enzo die Sache mit den Meilen erklärt hatte, aber als er es verstanden hatte, brach er fast zusammen vor Lachen. Gysi und Özdemir taten mir Leid, ich versuchte, sie zu verteidigen, aber Enzo meinte nur, dass es gut sei und dass Deutsche niedlich seien.

Ich habe Enzo vor zehn Jahren in Italien kennen gelernt, in Florenz. Er wohnte in der Via della Chiesa, nicht weit vom Palazzo Pitti. Ich wohnte da auch. Eigentlich hatte ich vor, mein Auslandssemester in London zu machen. Ich wollte Englisch lernen. Aber meine Uni hatte nur noch Plätze für Italien. Jetzt spreche ich immer noch nicht vernünftig Englisch, verstehe dafür aber Filippo Inzaghi auf Eurosport ganz gut.

Enzo studierte Kunst. Er war an der Accademia, der Kunsthochschule in Florenz. Ich wusste, dass es schwer war, da aufgenommen zu werden, allerdings war mir nicht klar, warum. Enzo klebte Maisdosen und Birkenzweige zusammen und tat sie in alte Waschbecken. Manchmal sprühte er auch Mozzarella-Paninis mit Klarlack ein oder überzog die *Cosmopolitan* mit dem Schimmel aus alten Joghurtbechern. Ich fragte ihn, was er damit bezwecke.

Das ist die falsche Frage, sagte Enzo. Such nicht nach dem

Zweck. Jeder Mensch ist ein Künstler, also ist alles, was ein Mensch tut, Kunst.

Super, dachte ich, eine WG mit Beuys.

Enzo und ich waren sehr verschieden. Er war laut, lustig, und die Frauen fanden ihn toll. Vielleicht gefiel ihnen der Gedanke, etwas mit einem italienischen Künstler zu haben. Enzo gefiel der Gedanke auch.

An einem Abend kam Enzo ins Wohnzimmer und setzte sich zu mir. Ich saß vor dem Fernseher. Man kann über Berlusconi eine Menge sagen, aber dass ich italienisch spreche, verdanke ich ihm. Ich hasste den Sprachkurs an der Uni, darum schaute ich abends in einem der drei Berlusconi-Sender Spielfilme. Immer um neun lief mindestens ein schlechter amerikanischer Film. Die Handlung überforderte mich nicht. Ich konnte mich auf die Sprache konzentrieren. Der erste Satz, den ich auf Italienisch gelernt habe, lautet: Bringen Sie den Präsidenten in Sicherheit.

Enzo wollte wissen, warum ich mir Italien ausgesucht hatte. Ich konnte ihm nicht sagen, dass London schon weg gewesen war, also erzählte ich ihm, dass ich etwas über das Land lernen wollte.

Gut, dann hör auf, so deutsch zu sein.

Definiere deutsch, sagte ich.

Ein typischer deutscher Student versucht den Kontakt zu anderen Deutschen zu vermeiden, weil er befürchtet, dass er sonst kein Italienisch lernt. Außerdem nimmt er Milch aus dem Kühlschrank und ersetzt sie am nächsten Tag. Und er trennt den Müll. Das Leben ist zu kurz, um Müll zu trennen. Dein Verhalten ist unitalienisch. Für ihn war unitalienisch also das Gleiche wie deutsch.

Gut, ich gebe mir Mühe. Ich rede wieder mit Deutschen, werde deine Milch schnorren und Papier und Glas zusammen wegwerfen.

Wir wurden Freunde, weil Enzo mich langsam für normal hielt. Ich weiß nicht, ob ich in der Zeit Italiener wurde, ich weiß nur, dass die Zeit in Florenz zur schönsten meines Lebens wurde.

Goethe, Shakespeare, Tabori und Reyes

Mein Bruder wollte nach seinem Abitur Schauspieler werden, woraufhin sein Lehrer fragte: Paco, warum willst du das machen, deine Noten sind nicht so schlecht.

Meine Eltern waren auch nicht begeistert, und seine damalige Freundin dachte, dass er sie vermutlich bald betrügen würde, weil sich für sie Monogamie und Schauspielerei ausschlossen. Ich war der Einzige, der fand, dass es die beste Idee war, die Paco jemals gehabt hatte.

Auf RTL war mir aufgefallen, dass auch die Geschwister von Stars Interviews geben durften. Ich fragte mich, was ich in einigen Jahren den RTL-Leuten sagen würde. Vermutlich Dinge wie: Ja, ich habe immer an ihn geglaubt, oder, ja, ich habe ihm auch dazu geraten, auf gute Stoffe zu warten, nein, ich würde mir höchstens eine Nebenrolle zutrauen, Mercutio vielleicht.

Dass ich diese Interviews nie geben durfte, liegt an der Staatlichen Schauspielschule in Rostock. Paco lebte damals in Köln. Er wollte unbedingt Schauspieler werden. Wenn es so etwas wie gefühlte Entfernung gibt, dann war Rostock ungefähr so weit weg wie Nowosibirsk. In München, Frankfurt und Bochum war er beim Vorsprechen gescheitert. Ihm blieb nur noch Rostock. Paco hatte das vorbereitet, was alle vorbereiten: *Hamlet, Romeo und Julia* und irgendwas von Tabori.

Offenbar war man in Rostock etwas genervt von der Auswahl. Einer der Prüfer unterbrach Pacos wunderbaren Hamlet und fragte: Sie sind doch Spanier, können Sie nichts Spanisches?

Paco dachte: Ich bin in Spanien geboren, aber ich kam mit 21 Tagen nach Deutschland, warum zum Geier sollte ich etwas Spanisches können. Hättest du Depp einen Bewerber aus Rosenheim gefragt, ob er was aus der *Geierwally* kann? Vermutlich nicht.

Mein Bruder kannte natürlich nichts, aber er konnte das nicht sagen. Also machte er das, was viele Ausländerkinder tun, wenn sie an gutmeinende Lehrer, Kollegen oder Prüfer geraten. Sie machen den Quotenausländer und erfüllen Erwartungen.

Ja, natürlich kann ich etwas, log Paco, zufällig habe ich einen Text vorbereitet.

Er drehte sich um, tat so, als würde er sich konzentrieren, und überlegte, was er auf Spanisch auswendig konnte.

Ihm fiel nur ein Lied von den Gipsy Kings ein. Es heißt *Escúchame*, was Hör mir zu bedeutet. Der Text ist, wie alle Texte der Gipsy Kings, bescheuert. Mein Herz ist heiß, die Hitze in mir, oh Schmerz, La lo lai lo lai lo, lai lai lo lai lo lai. Paco muss eine unglaubliche Show abgeliefert haben. Er spielte so, wie er dachte, dass sich ein Rostocker Schauspielschulen-Prüfer einen emotionalen Spanier vorstellt. Er brüllte, gestikulierte, warf einen Stuhl. Am Ende rotzte er dem Mann auf den Schreibtisch und sagte irgendwas mit madre, madre.

Danach fragte der Jurymensch Paco, von wem das Stück sei. Reyes, sagte Paco.

Aha, sagte das Jury-Mitglied, interessant. Dicht, das war so dicht.

Danke, sagte Paco.

Reyes heißt der Sänger der Gipsy Kings. Mein Bruder überstand diese Runde, scheiterte aber in der dritten und letzten.

Die Begründung war: Junger Mann, Sie waren überzeugend, als Sie mir vorhin Ihr Innerstes gezeigt haben, Ihre

Wurzeln. Das waren Sie, Ihre Kultur. Den Hamlet habe ich Ihnen aber nicht abgenommen.

Mein Bruder hat sich an keiner Schule mehr beworben. In dem Moment war klar, dass ich nie im Leben RTL ein Interview geben würde.

Koi Gägänd und Gas extra

Ich bin vor einiger Zeit umgezogen. Innerhalb Berlins. Ich mache das nie wieder. Es ist erniedrigend. Ich bin erwachsen, habe Würde, ich muss solche Dinge nicht tun.

Es fing harmlos an. Mein ehemaliger Vermieter ist ein netter Kerl. Als ich ihn fragte, ob ich vor Ablauf der Kündigungsfrist in die Wohnung eines Freundes ziehen könne, antwortete er: Wenn Sie mir was Solventes bringen, können Sie ausziehen, wann Sie wollen.

Ich war dankbar und änderte meine Meinung über Anwälte mit Porsche und Immobilienbesitz im Osten.

Ich setzte eine Anzeige in die Zeitung: 70 Quadratmeter, 2 Zi, Diele, neues Bad, saniert, 1000 Mark warm, Besicht. So 11 Uhr, Vermieter kein Idiot.

Am Samstag davor wollte ich ausziehen. Ich rief meine drei besten Freunde an und erzählte ihnen, dass ich zwölf Leute für meinen Umzug zusammenhätte. Klar war das eine Lüge, aber sie glaubten mir, und wir machten den Umzug zu viert. Es lief perfekt.

Am späten Samstagabend fuhr ich noch mal in die alte Wohnung und stellte in jedes Zimmer einen offenen Eimer mit Wandfarbe. Ich bin oft umgezogen und musste bisher noch nie beim Auszug streichen. Wenn man den Übergabetermin günstig legt, je nach Sonneneinfall in den Morgen oder in den frühen Abend, und die Wohnung dann noch nach Dispersionsfarbe stinkt, dann schaut kein Vermieter richtig hin. Dispersionsfarbengestank wirkt beruhigend auf Vermieter.

Am Sonntagmorgen räumte ich die Farbe weg und wartete. Die Erste kam um zwanzig nach elf. Ich war froh, als es klingelte. Eine Studentin, so eine, die den Sattel ihres Fahrrads abmontiert, wenn sie es abschließt.

Noi, desch isch koi Gägänd, sagte sie, das würde sie sofort sehen.

Och, sagte ich, Prenzlauer Berg ist schon schick.

Gas extra?

Ja, aber das ist nicht viel, vielleicht 80 Mark oder so.

Balkon, fragte die Sattelfrau.

Nein, aber sie ist hell, und man kann die Fenster weit aufmachen.

Sie war die Einzige an dem Tag. Ich verstand das nicht.

Ich hatte vorher in München gewohnt. Als ich die Wohnungsanzeigen las, erschrak ich. Allein in meiner Straße waren an dem Tag fünf Besichtigungstermine. Bessere und billigere Wohnungen, mit Balkon. Gas war auch meist inklusive. Es war der Moment, in dem ich merkte, dass Berlin von allem zu wenig hat, außer Zwei-Zimmer-Wohnungen an der Grenze zum Wedding.

Mir blieb nichts anderes übrig, ich versuchte es nächste Woche wieder.

Diesmal kamen zwei. Ein Student, der keine Elternbürgschaft und keinen Einkommensnachweis vorlegen konnte, also das Insolventeste war, das Berlin zu bieten hatte, und eine Frau, die sagte, dass sie die Wohnung nur möbliert nähme. Bei der Möbelauswahl wolle sie aber gern mitreden.

In der dritten Woche hatte ich wieder nur einen – ob bei dem Mietpreis eine Vierer-WG klarginge, wollte er wissen.

Es dauerte vier Wochen. Nach vier Wochen einigte ich mich mit einem Bankkaufmann. Er nahm die Wohnung, verlangte aber, dass er einen Monat mietfrei in ihr leben dürfe.

Ich würde seinetwegen ja die Kündigungsfrist umgehen, da müsse ich ihm schon entgegenkommen. Ich sagte zu, natürlich.

Nachdem wir uns geeinigt hatten, sagte er zum Abschied: Aber du streichst schon noch mal gescheit?

Der Alfred

Letzte Woche rief mich Mareike an. Ich freute mich sehr, von ihr zu hören. Sie ist sehr nett. Wir hatten uns drei Jahre nicht gesehen, und sie wollte wissen, wie es mir ergangen war. Ich sagte die Wahrheit.

Es geht mir gut. Ich wohne in Berlin und arbeite für eine Zeitung.

Bei einer Zeitung, du warst doch mal beim Fernsehen.

In ihrer Stimme schwang ein wenig Enttäuschung mit. Vielleicht war es auch Mitleid, ich war mir nicht sicher. Sie klang so, als würde sie mich am liebsten in den Arm nehmen und sagen, dass alles nicht so schlimm sei und dass die Hauptsache ohnehin die Gesundheit sei.

Ich bin gern bei der Zeitung, sagte ich etwas trotzig. Ja, natürlich, Zeitung ist toll, sagte Mareike.

In diesem Punkt schien Mareike wie meine Mutter zu sein. Als ich meiner Mutter sagte, wo ich künftig arbeiten sollte, antwortete sie: Na ja, womöglich ist das mit dem Schreiben nur so ein Zwischenschritt, und du kannst später wieder zum Fernsehen. Wir sind immer für dich da, mach dir keine Sorgen.

Für meine Mutter ist für die Zeitung zu schreiben ein Ausrutscher. Nur so eine Phase. Ich glaube, dass viele Menschen so wie meine Mutter denken. Vor zwei Jahren in der Journalistenschule haben wir für unseren Abschlussfilm in einem Münchner Kindergarten nachgefragt, was sich Kinder unter einem Journalisten vorstellen. Ein Vierjähriger, ich glaube, sein Name war Philipp, sagte: Wie man Journalist wird? Das kommt darauf an. Wenn man gut in der Schule war und fleißig gelernt hat, wird man Reporterchef beim Fernsehen, und wenn man schlecht war, muss man zu einer Zeitung.

Ich dachte, danke, du Plage, und wünschte ihm aufrichtig, dass er später mal RTL-Programmchef werde.

Mareike ist bei RTL. Sie lebt in Köln. Ich habe sie beim Fernsehen kennen gelernt. Sie arbeitete wie ich für *rehmsen – die kontaktshow*. Die Sendung lief am frühen Nachmittag im Ersten. Es ging darum, Singles zu finden, die mit Hilfe des Fernsehens einen Partner finden wollten. Angeblich beschwerte sich Fliege, der nach uns im Programm lief, weil wir ihm mit unseren acht Prozent Marktanteil die Quote ruinierten. Seitdem kann ich Fliege nicht leiden. Ich war bei *rehmsen – die kontakshow* Jungredakteur. Jungredakteur bedeutet, dass man viel weniger Geld verdient als ein Redakteur, dafür aber mehr arbeitet. Mir machte das nichts aus. Ich war beim Fernsehen.

Die Frau, die bei der ARD für unsere Sendung verantwortlich war, war mit Alfred Biolek befreundet. Die Frau sagte immer nur: der Alfred. Als ich einmal mit meiner Mutter telefonierte, sagte ich auch: der Alfred. Meine Mutter war stolz auf mich und erzählte das gleich ihren Freundinnen. Ihr Sohn duzte Biolek. Er hatte es geschafft, war ganz oben.

Leider wurde *rehmsen – die kontaktshow* nach wenigen Monaten abgesetzt. Mir tat das Leid. Meine Aufgabe war es, mich mit Leuten zu unterhalten, die einen Partner suchten. An manchen Tagen sprach ich mit bis zu fünfzig Singles über die privatesten Dinge. Es ist unglaublich, was die Leute einem erzählen, wenn man vom Fernsehen anruft. Ich habe zwei Dinge gelernt in der Zeit. Die meisten Menschen suchen einen treuen, ehrlichen und netten Partner, mit anderen Worten, sie haben keine Ahnung, was sie suchen, und zweitens, alle wollen ins Fernsehen.

Schröder, Stoiber und der Popel

Wenn ich mit meiner Freundin Soledad spreche, bin ich immer derjenige, der die Deutschen in Schutz nehmen muss. Manchmal ist das nicht ganz leicht, aber ich gebe mein Bestes.

Soledad kommt aus Sevilla. Sie wohnt seit einem Jahr in Berlin. Ihr Name bedeutet Einsamkeit. Ich finde das ganz hübsch, aber es wäre so, als würde Effenberg nicht Effenberg heißen, sondern Herr Bescheidenheit. Soledad ist nicht einsam. Sie sagt, dass Einsamkeit ungesund sei, gesundheitsschädigender als Rauchen. Sie sei Ärztin und wisse, wovon sie rede.

Einmal sagte Soledad zu mir, ich glaube, Deutsche lieben die Einsamkeit. Das stimmt nicht, sie mögen vielleicht Ruhe, aber nicht Einsamkeit, sagte ich. In dem Reisekatalog, den ich zu Hause habe, sagte sie, steht: menschenleere Buchten, einsame Sandstrände. Das ist als Werbung gedacht. Sie würde da nie hinfahren.

Spanier mögen Lärm, sagte ich. Sie sind laut, das ist kein Maßstab und außerdem nicht normal. Wenn meine Mutter mit meiner Oma telefoniert, frage ich mich, wozu sie das Telefon braucht, so wie die brüllen, würde es reichen, das Fenster aufzumachen.

Außerdem sind Deutsche nicht kinderfreundlich, sagte Soledad.

Das mit den Kindern ist ein beliebtes Argument bei Spaniern. Sie halten sich für besonders kinderfreundlich. Das liegt daran, dass Spanier überall mit ihren Kindern hingehen. Auf jedem spanischen Fest sieht man bis Mitternacht kleine

Kinder, die rumrennen. Nach Mitternacht sieht man genervte Väter, die mehrere Kinder im Arm halten müssen, weil die Kleinen nicht mehr können.

Deutsche sind genauso lieb zu Kindern wie andere, sagte ich.

Ach ja, meine Kolleginnen im Krankenhaus sagen, dass es leichter sei, mit einem Elefanten als Haustier eine Wohnung zu finden als mit zwei kleinen Kindern.

Soledad, warum bist du denn hier, wenn es so furchtbar ist, fragte ich.

Soledad hatte die Frage erwartet: Ich mag deutsches Brot, deutschen Käse, deutsche Forschungseinrichtungen, deutsche Politiker. Außerdem habe ich keine Kinder.

Dass sie deutsche Politiker mag, hängt mit dem Kanzler-Duell zusammen. Ich war mit ihr im »Blow-up«, einer Kneipe im Prenzlauer Berg. Ein Freund hatte mir erzählt, dass man sich dort das Duell auf einer großen Leinwand anschauen könne. Soledad war nicht begeistert.

Warum sollte ich mir zwei mäßig attraktive Männer auf zwei mal drei Metern ansehen, fragte sie nicht ganz zu Unrecht. Wählen darf ich sie ja doch nicht.

Ich überredete Soledad. Nach einer Weile, Stoiber redete gerade über den Irak-Krieg, schubste mich Soledad an: Schau mal da, das ist ja widerlich.

Sie zeigte auf einen Mann in einem weißen Hemd, der versuchte, sich etwas aus der Nase zu ziehen. Der macht das schon die ganze Zeit. Soll ich hingehen und fragen, ob ich ihm helfen kann. Ich bin Ärztin.

Keine Sekunde habe ich daran gezweifelt, dass Soledad sich dem Mann nähert und ihn fragt, warum er während des ganzen Duells in der Nase popelt.

Spinnst du, das ist unhöflich, sagte ich. Vor allem ist es unästhetisch, sagte sie.

Nach dem Duell ging eine junge Frau zu dem Herrn mit dem weißen Hemd und sagte: Na, Herr Thierse, wie hat Ihnen das Duell gefallen?

Hans-Olaf Henkel und Herr Stapff

Ich habe letzte Woche Hans-Olaf Henkel auf der Straße gesehen. Ich habe gewunken, aber er hat mich ignoriert. Vielleicht war er immer noch sauer.

Henkel habe ich vor einem Jahr zum ersten Mal getroffen. Die Veranstaltung hieß »Politiker spielen Schach.« Sie wird vom Berliner Schachverband organisiert. Ich kam in den Raum und sah Weizsäcker (spielt prima) und Ströbele (na ja). Von der SPD hatte sich noch Schily angekündigt. Von der FDP sah ich niemand. Dafür war Henkel da. Er stand in der Ecke und schien sich zu langweilen. Es war eine gute Gelegenheit, ihn anzusprechen. Aber ich wusste nicht, was ich fragen sollte. Eigentlich hätte mich nur interessiert, was er hier zu suchen hatte. Ich hielt es aber für besser, die Klappe zu halten, und stellte mich neben Weizsäcker und Ströbele. Leider nuschelten die beiden, ich verstand kein Wort. Plötzlich stand Henkel neben mir und sagte: Auf dem Cover meines Buches habe ich genau so ein Cord-Jackett an wie Sie.

Super, dachte ich, Henkel hat den gleichen Klamottengeschmack wie ich.

Und auf der Rückseite habe ich das Jackett auch an. Nur bin ich auf dem Bild zwanzig Jahre jünger.

Wie machen Sie das, sagte ich und überlegte, ob ich irgendwie nach *Bunte*-Reporter aussah.

Keinen Nachtisch, sagte Henkel. Kennen Sie es?

Was, fragte ich.

Na, mein Buch.

Nein, tut mir Leid.

Macht nichts, sagte Henkel und drehte sich so weg, als mache es doch was.

Das ist jetzt eine Weile her. Als ich vor ein paar Tagen mein Bücherregal ausräumte, fand ich ein altes Abitur-Schulbuch. Es heißt *Das schreit doch nach Veränderung* und ist von meinem Lehrer Dietrich Stapff. Herr Stapff war auch sehr stolz auf sein Buch. Er benutzte im Unterricht nie die offiziellen Lehrbücher, sondern immer nur sein eigenes. Ich musste an Henkel denken, als ich das Buch vom Regal nahm, an ein Interview, das ich gelesen hatte. Henkel forderte, dass die Schule junge Menschen besser auf das spätere Berufsleben vorbereiten sollte. Die Schüler müssten wirtschaftliche Zusammenhänge besser verstehen.

So gesehen hätte Henkel meine Schule gefallen. In der Oberstufe war Wirtschaft Pflichtfach. Wahrscheinlich hatte sich jemand so etwas Ähnliches gedacht wie Henkel. Wir lernten, wie der Wirtschaftskreislauf funktioniert, was Inflation ist, etwas über Aktien. Ich mochte meinen Wirtschaftslehrer. Herr Stapff war ein älterer Herr, der gute Noten gab. Henkel hätte ihn aber vermutlich nicht gemocht. Herr Stapff war Kommunist. Einer der Sätze aus meinem Schulbuch geht so: »Wenn Sie schon einmal in einer kapitalistischen Fabrik waren, so werden Sie mir glauben, dass dort niemand gerne und ohne Notwendigkeit arbeitet, schon gar nicht, wenn er vorher etwas anderes gewöhnt war. Ich will mich auf die Bemerkung beschränken, dass das Mindeste, was angewandt wurde, um die Menschen zu der Wanderung vom nichtkapitalistischen Sektor zum kapitalistischen Sektor zu bewegen, freiwilliger Zwang war. Ansonsten verweise ich auf das Kapitel über die ›ursprüngliche Akkumulation‹ im ersten Band des *Kapital* von Karl Marx.«

Ich hatte fast nie Streit mit Herrn Stapff. Nur einmal, als ich sagte, dass ich sein Buch nicht gelesen habe.

S-Bahn-Typ

Ich hatte in meinem Leben zwei Autos, ich denke, das müsste reichen. Für mein erstes schäme ich mich noch heute ein wenig. Ich hatte gerade Abitur gemacht, und der Vater meiner damaligen Freundin wollte mir eine Freude machen. Er besorgte mir einen orangefarbenen Polo. Baujahr 1978, vierte Hand, 2900 Mark.

Technisch Sahne, sagte der Vater meiner Freundin.

Ich wusste nicht, was ich von dem Satz halten sollte.

Der Vater meiner Freundin war Lehrer für Gesellschaftslehre an einer Berufsschule, jemand, der die Fahrräder der Familie zum Frühlings-Check in die autorisierte Fachwerkstatt brachte. Er hatte Probleme, wenn er mit der Fernbedienung vom Ersten ins Zweite schalten sollte.

Ich hielt es für eine gute Idee, Freude zu heucheln. Ich mochte seine Tochter, und außerdem hatte er sich für die Kiste fast mit einem Sachsen geprügelt.

Vor der Wende hätte das Auto noch 1000 Mark gekostet, sagte der Vater meiner Freundin.

In dem Moment dachte ich das, was alle 18-Jährigen 1990 im Westen dachten: Danke Kohl, klasse Wiedervereinigung, schön, dass wir uns mit 10 Millionen Ostdeutschen um die Schrottautos kloppen müssen.

Mein Polo war tiefer gelegt, hatte einen Spoiler in Wagenfarbe und breite Reifen. Der Vorbesitzer hatte Schalensitze eingebaut. Man konnte sie nicht umklappen. Meine Freundin und ich wohnten damals noch zu Hause, und wenn etwas wichtig an meinem neuen Auto gewesen wäre, dann, dass man die Sitze umklappen konnte. Ich träumte von einem bequemen Passat Kombi.

Das Beste waren die Aufkleber, die ich nicht abmachen konnte, weil sonst der alte Lack abgeblättert wäre. Am Kotflügel stand »In diesem Auto schnallt man sich nicht an, hier wird gestorben wie ein Mann«, neben den Rücklichtern stand »Wenn Sie das hier lesen können, habe ich meinen Wohnanhänger verloren«. Selbst der Innenraum war ruiniert. »Volles Rohr für volle Bürger«, »Kippe aus, anschnallen, Schnauze halten«, »I hob a langs Fuhrwerk«. Grausam. Am liebsten hätte ich den Wagen sofort an einen Ostdeutschen verkauft.

Das Problem löste sich aber schnell. Der Wagen blieb auf der ersten Fahrt liegen. Wir wollten nach Berlin. Es wurde Erfurt. Irgendwas mit dem Motorblock, das mehrere tausend Mark gekostet hätte. Der Mechaniker gab mir 200 Mark, und ich freute mich auf den Zug.

Acht Jahre später legte ich mir in Köln einen Honda Civic zu. Gutes Auto, glaube ich. Gefahren bin ich es kaum. Dafür wohnte ich falsch. Zu zentral. Nach zwei Wochen nahm ich lieber ein Taxi, als den Parkplatz aufzugeben, den ich in der Nähe gefunden hatte. Wie viele Strafzettel ich bekommen habe, weiß ich nicht. Ich weiß nur, dass ich an einem Wochenende zweimal abgeschleppt wurde. 600 Mark.

Vielleicht liegt es an mir. Ich bin kein Autotyp, eher der S-Bahn-Typ. Meine Freunde sagen, dass sie mich bewundern, was ich ihnen nicht glaube. Sie sagen, dass sie ohne Auto nicht leben können, sie wären völlig hilflos. Einer fragte mich, wie ich das mit den Wasserkisten machen würde. Ehrlich gesagt komme ich gut zurecht ohne Auto. In der Bahn kann ich lesen, und wenn man einem Berliner Taxifahrer sofort nach dem Einsteigen erklärt, wer der Chef ist, dann respektieren sie einen.

Nein, ich brauche kein Auto. Außerdem wohne ich nicht mehr zu Hause.

Ach, Kuba!

Ich bin in diesem Sommer aus dem gleichen Grund nach Kuba gefahren, aus dem schon ein Dutzend meiner Freunde hingefahren ist: Man muss Kuba sehen, solange Kuba noch existiert, heißt es. Hinfahren, solange Fidel Castro noch regiert, solange 41er Buicks rumfahren, solange Kuba nicht zur Domrep geworden ist.

Ich war drei Wochen auf Kuba, und als mich nach meiner Rückkehr Thorsten anrief, um mich zu fragen, wie es war, war ich mir nicht sicher, was ich sagen sollte.

Hast du Fidel gesehen, fragte Thorsten.

Ja, im Fernsehen, sagte ich. Das eine Mal hat er über die Pisa-Studie gesprochen und gesagt, dass man, ohne es zu merken, die Imperialisten auch noch im Bildungssektor überholt habe, und das zweite Mal lief er über eine Agrarmesse und redete über die heroischen kubanischen Hühner.

Castro ist super, sagte Thorsten. Und sonst?

Ich bin in einem Ford T-Modell, Baujahr 1929, gefahren. Viele Museen in Deutschland hätten gern so ein Auto, und da stehen die als Taxen rum.

Thorsten klang begeistert.

Ich sagte ihm nicht, dass ich das Gefühl hatte, dass der Fahrer seine Kiste, an der er jeden Tag rumschraubte, gern gegen einen Golf getauscht hätte. Auch nicht, dass mich der Taxifahrer fragte, wo ich lebte, und als er Deutschland hörte, darauf bestand, mir alles aufzuzählen, was er darüber wusste: keine Schlaglöcher, keine Arbeitslosen, viel Geld, viel Schnee und der Chef heißt Honecker.

Ich fragte mich, wie sich sein Deutschlandbild mit dem Abschneiden Kubas bei der Pisa-Studie vertrug.

Hast du Salsa getanzt, fragte Thorsten.

Natürlich nicht, sagte ich. Es reicht aus, wenn sich Italiener, bei denen Kuba noch beliebter als bei uns ist, stellvertretend für alle Europäer blamieren.

Thorsten sah das ein und fragte, ob denn die Kubanerinnen hübsch seien. Er wusste nicht, dass dies genau das Problem gewesen war.

In der zweiten Woche meines Urlaubs war ich nach Santiago de Cuba gefahren. Bei einem Abendessen lernte ich einen Deutschen kennen, einen wissenschaftlichen Assistenten. Ein langer Kerl mit unreiner Haut. Er war Volkswirt und hatte Kubas Probleme vor dem Nachtisch gelöst. Marktwirtschaftliches System, Deregulierung des Arbeitsmarktes, Privatisierung.

Ich wusste nicht, ob ich mit ihm diskutieren oder ihm auf die Schnauze hauen sollte. Der Kerl hatte sich nämlich für den Abend in dem einzig wirklich privaten Sektor Kubas versorgt: Frauen.

Neben ihm saß ein sehr hübsches Mädchen, das unter normalen Umständen so einen Wicht nicht mal angeschaut hätte, aber es waren keine normalen Umstände, es war Santiago de Cuba. Sie war nie im Leben volljährig, aber das, was er für eine Nacht bezahlen konnte, war mehr als das, was ihr Vater im Monat verdiente – also etwas über zehn Dollar. Mein Volkswirt war nicht der Einzige, Santiago de Cuba ist voll von Frauen, die sich mit Männern treffen.

Als ich in der gleichen Nacht in mein Hotel zurückkam, sah ich vier ältere Schweizer, die zwei viel zu junge Mädchen aufs Zimmer nahmen. Ich weiß nicht, was sie mit den Kindern angestellt haben, aber ich bin mir sicher, dass man sie hier dafür einsperren würde. Es war zum Kotzen.

Fährst du wieder hin, fragte Thorsten.

Kuba ist wunderschön, aber nein, ich fahre da nicht mehr hin.

Spielplatzhäuschen

Ich werde älter, und ich merke das, weil ich mir immer häufiger vorstelle, wie es wäre, einen Sohn zu haben. Das habe ich früher nie gemacht. Ich frage mich, wie wir ein Wochenende verbrächten. Was wir so täten, mein Sohn und ich. Vermutlich wird das keine leichte Zeit werden, vor allem für ihn nicht. Ich schaue am Wochenende gern *Snooker* auf Eurosport oder eine alte Folge *Space Night* oder *La Ola* auf DSF und würde das nur ungern ändern. Ich kann für den Kleinen nur hoffen, dass er Fernsehen mag.

Auf den Spielplatz werde ich mit ihm jedenfalls nicht gehen, damit sollte man gar nicht erst anfangen. Auf Spanisch sagt man, Auge, das nicht sieht, Herz, das nicht leidet. Wenn mein Sohn nichts von der Existenz von Spielplätzen weiß, wird er sie auch nicht vermissen.

Ich weiß nicht, wie es heute ist, aber die Spielplätze von früher waren voll von drei Arten von Menschen, die ich als Kind nicht ausstehen konnte. Omas mit kleinen Hunden, ältere Kinder, die mich bei Widerrede verprügelten, und – die Schlimmsten – Mütter, die mitspielen wollten. Mitspielenwollende Mütter sind die furchtbarste Form der Überwachung, und Kinder wissen das.

Nein, später, wenn mein Sohn größer wird und ich mein Erziehungsmonopol an MTV abgegeben habe, wird er Spielplätze schon früh genug entdecken. Diese kleinen Holzhäuschen, zum Beispiel, die immer ein wenig nach Hundeurin riechen, weil die Omas zu faul sind, ihre Hunde in den Park zu führen, diese kleinen Häuschen sind die besten Orte, um

Mädchen zu küssen. Dafür sind Spielplätze gut, nur dafür, aber das muss er selbst lernen.

Er muss das meiste ohnehin selbst lernen. Ich finde, es reicht vollkommen aus, wenn er sich später nicht für mich schämen muss.

Ich habe Leute im Bekanntenkreis, junge Väter, wenn ich mir die anschaue, finde ich, dass meine Haltung noch die normalste ist. Einer hat sich nackt mit seinem Kind fotografieren lassen.

Für später, sagt er.

Ich möchte nicht wissen, was sein Sohn später sagen wird, was er für Ausreden erfindet, um diese Fotos zu rechtfertigen. Mein Vater wollte das gar nicht! War nur so 'ne Wette! Er war ja total besoffen! Ich auch!

Mein Sohn soll meinetwegen nicht lügen müssen, wenn mir das gelingt, ist vieles erreicht.

Das Klassische wäre ja, ich nehme ihn mit zum Fußball. Tun Väter gern, was ich für falsch halte, weil ich mir vorstelle, wie er zu seinen Kumpels sagt, ich bin Union-Fan, weil mein Papi auch Union-Fan ist.

Natürlich ist Union Berlin der einzige Verein, der in Berlin in Frage kommt, aber das muss er selbst lernen. Ein Mann muss wissen, was für einen Verein er sich aussucht – und sein Vater muss das akzeptieren. Wenn er irgendwann zu mir kommt und sagt, Papa, ich möchte, dass du mich zum Abstiegsspiel von Wacker Burghausen fährst, hey, werde ich antworten, sag mir, wo das ist, und wir fahren hin.

Ich werde mich sehr freuen, weil er kein Hertha-Fan geworden ist. So wie viele andere Jungen in Berlin. Er hat seinen Kopf, weil er seinen eigenen Verein gefunden hat, und wer seinen Verein findet, findet auch seinen Weg.

Vielleicht fragt er mich: Papi, sahen zu deiner Zeit die

meisten Hertha-Spieler auch schon so aus, als würde sie der Zeugwart frisieren?

Ich werde lächeln, an Alves und Marcelinho denken und antworten: Ja, mein Sohn. Das war schon immer so.

Es ist der Moment, in dem ich zu mir sage, wenn er jetzt noch mit einem Mädchen in einem Spielplatzhäuschen knutscht, wird alles, alles gut.

Tanzende Grübchen und andere Gründe zu kämpfen

Ich glaube, es liegt an meinem Blick, dem Ich-kann-nicht-nein-sagen-Blick. Ich war auf dem Weg zu meiner Familie in Spanien. Am Busbahnhof von Almería kam eine junge Frau auf mich zu. Sie war wunderschön. Möchtest du dich an der Säuberungsaktion beteiligen, fragte sie mich. Ihre Grübchen tanzten auf den Wangen.

Was ist denn schmutzig, fragte ich.

Galicien, sagte sie.

Galicien? Ich habe schon Schwierigkeiten, meine Küche in Ordnung zu halten, dachte ich.

Das Tankerunglück, die »Prestige«, die Strände, wir suchen Freiwillige.

Ich stellte sie mir in einem dieser weißen Helfer-Anzüge vor, die ich in der Tagesschau gesehen hatte. Ich fragte mich, warum die spanischen Behörden den Helfern weiße Overalls geben, aber weiß, dachte ich dann, weiß würde ihr bestimmt gut stehen.

Was ist, magst du mitkommen? Jedes Kilogramm Öl, das wir wegschaufeln, ist ein Kilo weniger an der Küste.

Wir, sie hatte wir gesagt.

Ich bin mir nicht sicher, sagte ich.

Na, komm schon.

Es war das alte Problem. Cool wäre gewesen, ich zücke mein Handy, wähle die Nummer meiner Mutter und teile mit: Hey Mama, ich weiß, ihr wartet, ich hatte es versprochen, und die halbe Verwandtschaft ist da, aber ich kann doch nicht kommen, Galicien braucht mich.

Anschließend hätte ich zu der wunderschönen Frau gesagt, mach dir keine Sorgen, ich bin jetzt da. *No pasarán!*

Ich habe gelesen, dass moderne Frauen Pathos nicht mögen, das sei ihnen zu schmalzig, zu aufgesetzt. Ich glaube das nicht. Frauen lieben Pathos, so wie sie Helden und Ritter lieben.

Ich musste an einen älteren Herrn denken, den ich mal interviewt habe. Er ist Amerikaner und erzählte mir, warum er sich 1936 freiwillig bei den Internationalen Brigaden gemeldet hatte. Natürlich wollte er im Spanischen Bürgerkrieg gegen den Faschismus in Europa kämpfen, gegen Hitler, für die Menschlichkeit, für die Freiheit, aber wenn er jetzt ehrlich sei, so viele Jahre danach, dann gab es noch einen anderen Grund. Sein Opa, ein Deutscher, hatte ihm erzählt, dass die schönsten Frauen der Welt die Spanierinnen seien. Wenn er schon gegen den Faschismus kämpfe und sein Leben riskiere, dann sollten zumindest die schönsten Frauen der Welt dabei zusehen. Mich hat das damals sehr beeindruckt. Er hätte es mir nicht sagen müssen, aber er war ein aufrichtiger älterer Herr, und eigentlich war es egal, warum er für die richtige Sache gekämpft hatte.

Wir fahren im Bus, sagte sie.

Wann, fragte ich.

In einer Stunde.

Meine Familie wartet auf mich.

Dann bleib eben nur ein paar Tage.

Einmal sollte ich cool sein. Ich muss telefonieren, sagte ich.

Meine Mutter nahm es leicht, weil ich ihr versprach, nur zwei Tage zu bleiben und bei künftigen Krisen nicht mehr persönlich einzugreifen, sondern einfach Geld zu spenden. Ich ging zurück zu der schönen Frau, sie hieß Paula.

Spanische Ökos sehen besser aus als deutsche, dachte ich

auf dem Weg zum Bus, sah dann die Mitfahrer und änderte schnell wieder meine Meinung.

Paula redete mit dem Ober-Öko und zeigte auf mich.

Kurz danach kam sie auf mich zu, und sagte: Du kannst nicht mitfahren.

Warum nicht?

Uns war einer abgesprungen, aber der ist jetzt wieder dabei. Außerdem haben wir nicht genug Schlafplätze in La Coruña. Paula lächelte mich an, und ihre Grübchen legten wieder los.

Macht nichts, antwortete ich.

Schade, sagte Paula, und ich dachte, du warst so nah dran, ein Held zu sein.

Dann fuhr ich zu Mama.

Dummes Gesicht mit Opel-Brille

Ich habe seit einem halben Jahr eine Brille, und der einzige Mensch, der mir gesagt hat, dass ich damit wie ein Idiot aussehe, ist mein Bruder Paco.

Hallo Bruderherz, sagte Paco, lang nicht gesehen, du siehst mit der Brille übrigens aus wie ein Idiot.

Das waren seine Worte bei der Begrüßung letzte Woche. Er ist nicht immer höflich, aber immer ehrlich zu mir gewesen. Ich weiß das zu schätzen.

Dabei hatte ich mich beraten lassen. Ich hätte ein typisches Kleine-Brillen-Gesicht, sagte die Optikerin – runde Kopfform, niedrige Stirn, eng zusammenstehende Augen. Wenn ich mal einem Schimpansen eine Brille kaufen muss, dachte ich, weiß ich jetzt Bescheid.

Die Optikerin zeigte mir das Modell, das ich für mich Heiner Müller nannte, sie aber Dior 3000 irgendwas Deluxe. An der Seite hing an einem Faden ein kleines Papierschild, auf dem mit geübter Schrift eine Produktnummer und »513 Euro« stand. Ich mag keine Geschäfte, bei denen die Preise mit der Hand auf kleine Schilder geschrieben werden. In solchen Geschäften haben Verkäufer Zeit und Muße, solche Dinge zu tun, weil sie keine Kunden bedienen müssen. Mich macht das misstrauisch. Ich mag Etikettiermaschinen. Außerdem habe ich mich an Preise gewöhnt, die mit Neun aufhören.

Haben Sie eine ähnliche von jemandem, der nicht französischer Modedesigner ist?

Ich fand das eine nette Art, ihr mitzuteilen, dass sie eine Vollmeise habe, mir so ein teures Ding zu zeigen.

Natürlich, wir haben Gucci da, sagte die Optikerin, der hat wunderbare Modelle. Gucci ist aus Italien.

Die kapiert es nicht.

Haben Sie vielleicht eine Brille, die weniger als umgerechnet tausend Mark kostet?

Oh, sagte die Verkäuferin, natürlich, wir haben hier noch ein preiswerteres, aber sehr trendiges Modell.

Trendig ist ein schlimmes Wort, Quelle-Deutsch. Es ist so verkaufsfördernd wie topaktuell. In schlechten Frauenzeitschriften steht es in Artikeln, die Machen-Sie-mehr-aus-Ihrem-Typ heißen.

Ich wollte nicht mehr aus meinem Typ machen. Ich wollte sehen. Nie mehr in der letzten Kinoreihe bei *Pulp Fiction* Uma Thurman mit John Travolta in dieser Tanzszene verwechseln, das wär's.

Gefällt sie Ihnen, fragte die Optikerin.

Konnte ich so nicht sagen. Ich nahm das Gestell in die Hand und suchte das Schildchen. 219 Euro. Wenigstens eine Neun, dachte ich.

Hornoptik, sagte die Verkäuferin.

Mein Vater hatte mal einen Kamm, der sah genauso aus, sagte ich.

Wir haben die auch in anderen Farben, etwas peppiger.

Wie kommt die darauf, dass ich etwas Peppiges in meinem Gesicht haben möchte. Ich wollte etwas Dezentes, eher dunkel, konservativ. Ich schaute mir das Gestell an. Es war langweilig, zuverlässig, brav, eine Opel-Brille. Meine Brille.

Was ist falsch an ihr, fragte ich Paco.

Alles, sagte er.

Was genau, fragte ich.

Ich glaube, es ist dein Gesicht, du bist der einzige Mensch auf der Welt, den eine Brille dümmer aussehen lässt. Warum lässt du dich nicht mal beraten?

Fußball ohne Duschen und im Untergrund

Seit vier Wochen bin ich in einem Fußballverein. Er ist seltsam. Bei der Bank soll ich, wenn ich die Monatsbeiträge überweise, als Kennwort nicht Fußball, sondern Volleyball angeben. Acht Männer, ein Feld, keiner will ins Tor. Foul ist, wenn man hinfällt oder brüllt: Hey, was soll 'n die Scheiße!

Wenn das kein Fußball ist, weiß ich auch nicht.

Volleyball finde ich unerträglich. Ich musste es in der Schule spielen. Ich glaube, weil unser Sportlehrer eine Frau war. Ich könnte wetten, dass weibliche Sportlehrer häufiger Volleyball spielen lassen als männliche. Volleyball ist demokratischer als Fußball. Mädchen und Jungen können in der gleichen Mannschaft spielen. Mann und Frau sind gleichberechtigt. Man rotiert sogar in den Positionen, damit jeder überall spielen kann. Beim Fußball geht das nicht, da gibt es Ordnung, Hierarchien, Aufgaben. Männliche Sportlehrer trennen die Mädchen von den Jungen. Die Jungs kicken, und die Mädchen machen irgendwas auf dem Schwebebalken oder mit dem Hula-Hoop-Reifen. Ich hätte gern mehr männliche Sportlehrer gehabt.

Ich bekam meist Sportlehrerinnen. Nach jeder Stunde taten mir die Fingerkuppen weh, und meine Unterarme sahen vom Baggern aus, als hätte ich sie mit Brennnesseln eingerieben. Das Schlimmste war, dass man nach jedem Punktgewinn in die Mitte rennen, die anderen umarmen und so tun musste, als würde man sich wahnsinnig freuen.

Volleyballspieler sind bessere Menschen als Fußballer, glaube ich. Ich würde einen Gebrauchtwagen lieber von einem Volleyballer als von einem Fußballer kaufen. Bei Greenpeace oder Amnesty gibt es garantiert viele Volleyballer. Ich kann mit dem Sport aber nichts anfangen. Was soll das für ein Spiel sein, bei dem ich meinen Mitspieler nicht foulen darf? Nicht mal das Netz berühren darf ich.

Man bekommt für Volleyball leichter eine Halle, sagte einer meiner Mannschaftskollegen.

In Berlin heißt der größte Club Hertha. Hertha! Ein Frauenname, erklärt doch alles, sagte ein anderer.

Wir treffen uns zweimal die Woche. Die Halle ist in Ordnung. Sie ist im fünften Stock einer Grundschule. Leider gibt es keine Duschen und keine Toiletten. Die Stadt hat sie vor einem Jahr rausreißen lassen und bis heute keine neuen eingebaut. Jetzt im Januar ist es ein wenig blöd, weil man nassgeschwitzt nach Hause gehen muss. Gesund ist das für die Kleinen sicher nicht. Ich weiß nicht, warum man das den Kindern antut, vielleicht will man sie abhärten, vielleicht haben sie bei der Pisa-Studie schlecht abgeschnitten, schwer zu sagen.

Kann es der Stadt nicht egal sein, was in der Halle gespielt wird, fragte ich.

Offenbar nicht, es gibt wohl zu wenige Volleyball-Vereine in Berlin, sagte mein Mannschaftskollege.

Und wenn die uns erwischen?

Die haben nicht mal Geld für die Klos, meinst du, die überprüfen, welchen Sport wir hier treiben?

Ich kam mir etwas schuldig vor. Ich betrog Berlin. Irgendjemand im Sportdezernat freut sich, dass er den Volleyballsport nach vorne bringt, weil er mir eine Halle zur Verfügung stellt, und ich spiele mit acht Jungs Undercover-Fußball. Ich fühle mich ein bisschen in der Illegalität. Wie Schwarzfahren. Aber es gibt keine Alternative.

Entweder kriminell oder Volleyball.

Ich kann nicht anders.

Fast für lau nach Isfahan

Seitdem mein Fernseher kaputt ist, lese ich leider sehr viel. Das kann so nicht weitergehen. Abends liege ich auf meinem Bett, blättere in einem Buch und muss daran denken, was ich gerade im Fernsehen verpasse. *M.A.S.H* auf Neun Live, den Spielbericht Lazio gegen Atalanta Bergamo in *La Ola*, den Themenabend »Mastgans« auf Arte. Mir fehlt das alles sehr.

Es liegt an den Büchern, die ich mir aussuche. Georges Simenon und seine *Inspektor-Maigret*-Krimis, zum Beispiel. Die Geschichten sind nicht eben anspruchsvoll, einfache Unterhaltung, genau das Richtige, wenn man beginnt, Sabine Christiansen zu vermissen. Mein Bruder hatte mir Simenon empfohlen. Schreibt 300 Romane und hört dann auf, weil er von einem Kritiker angepisst wird, sagte Paco, ein Paar hübsche *cojones* hatte der.

Mir fiel es vor einigen Abenden auf. Ich hatte schon eine Reihe seiner Fälle gelesen, als Maigret anfing, mich zu nerven. Erst war es nur ein Verdacht, mit der Zeit war ich mir aber sicher: Maigret hatte was gegen Spanier. Natürlich sagt er das nie so direkt, man muss genau hinsehen, wie immer bei Vorurteilen. Jedes Mal, wenn Maigret einen Spanier beschreibt, ist der ein bisschen schmierig. Nur schmierig fände ich nicht so schlimm, aber schmierig und dämlich – das geht zu weit. Außerdem haben wir Spanier Maigrets Meinung nach alle absurd große Koteletten. Richtig getroffen war ich aber erst, als ich in unserem Familienalbum blätterte und mir meinen Vater, meine Onkels, eigentlich alle männlichen Verwandten auf alten Bildern ansah. Sie sahen wie Presley in *Immer Ärger mit den Mädchen* aus – Koteletten, so groß, dass man beim Schlafen aufs Kissen verzichten könnte. Mir war das bisher noch nie aufgefallen, vielleicht lief da eine Wette, von der ich nichts weiß, überlegte ich. Wer das größte Gebüsch am Ohr hat, erbt Opas Haus. Ich war mir nicht sicher, legte Simenon weg und entschied mich für Ken Follett.

Das Buch hieß *Die Nadel*. Die Geschichte kannte ich bereits, sie ist in den Achtzigern mit Donald Sutherland verfilmt worden. Ein englischer Professor verfolgt einen deutschen Agenten, natürlich ein Nazi, wie zu erwarten, wenn Briten über Deutsche schreiben. Zweiter Weltkrieg, Bomben über London, viele Morde. Am Ende legt eine Frau den Nazi um, und die Deutschen warten auf die Invasion der Alliierten bei Calais, was ziemlich weit weg von der Normandie liegt, und verlieren deshalb den Krieg – sagt jedenfalls Follett. Dumme Deutsche, mutige Engländer, kein Spanier weit und breit – das Buch gefiel mir. Ich las, verlor manchmal den Faden, weil ich mir überlegte, wie Matlock diesen unerträglichen Besserwisser-Professor platt gemacht hätte, und entspannte mich. Irgendwann kam ich an die Stelle, als die Frau zum ersten Mal über den Nazi-Spion nachdenkt und zu dem Schluss kommt: Für einen Journalisten ist er zu intelligent!

Ich warf Follett in den Kleiderschrank. Was soll das, fragte ich mich. Wenn ich Spaß an Erniedrigungen hätte, würde ich zu Oliver Geissen gehen oder mich bei Schily als persönlicher Referent bewerben.

Ich beschloss, mein bestes Buch aus meinem Regal zu ziehen. Thomas Cook, *Overseas Timetables – Railway, Road and Shipping Services for America, Africa, Asia and Australia*. Ich habe schon ganze Sonntage damit verbracht, darin zu blättern. In dem Ding sind nur Fahrpläne. Es ist interessant, spannend und beleidigt keinen seiner Leser.

Ich fühlte mich gut, es war die richtige Wahl. Ich erfuhr,

dass es in Honduras keine Wagenklassen gibt. Alle sind da gleich auf der Schiene. Anders als in Tadschikistan, wo man sich entscheiden muss, ob man H- oder S-Klasse fährt. H wie hard, S wie soft. In Malaysia sind es drei Klassen, im Kongo vier, in Indien, war ja klar: acht.

Tolles Buch und so lehrreich, dachte ich. Ich wusste zum Beispiel nicht, dass viele Busse in Afrika erst losfahren, wenn alle Tickets verkauft sind, auch wenn das Tage dauert. Neu war mir auch, dass in manchen Ländern Schiffsverbindungen flussabwärts billiger sind als flussaufwärts. Am meisten beeindruckte mich aber der Iran. Eine Busfahrkarte für die 424 Kilometer von Teheran nach Isfahan kostet umgerechnet 30 Cent – Isfahan soll wunderschön sein.

Ich überlege immer noch, ob ich da mal anrufen soll, ob ich mit dem Bus von Isfahan nach Teheran fahren sollte, wenn der Bus einen Fernseher hat, bin ich interessiert.

María, Mari, Isabel, Clara, Rosa, Mabel, Esther, Yolanda, Paulina, die schüchterne Eva und das Rentier

Mein Bruder Jaime wird Vater, was ich lange nicht so aufregend finde wie die Tatsache, dass ich dadurch Onkel werde. Ich war noch nie Onkel.

Ich war Trauzeuge, Stufensprecher, Altenpfleger, 1978 Hanauer Stadtmeister über 50 Meter Brust, aber noch nie Onkel. Onkel ist ganz gut, denke ich. Besser als Tante. Bei Onkel denkt man an Güte, Sympathie, Wärme. Der Begriff ist positiv besetzt. Der reiche Onkel aus Amerika, Onkel Toms Hütte, Onkel Ben. Bei Tanten sieht das anders aus. Tante Frieda, zum Beispiel, klingt irgendwie steif, unlocker, nach Socken aus Disney-Läden, nach Karten in Pastellfarben mit Sätzen wie: Deine Kinder sind nicht Deine Kinder. Sie sind die Söhne und Töchter der Sehnsucht des Lebens nach sich selbst.

Das Erste, was ich gekauft habe, als ich erfuhr, dass mein Bruder Papa wird, war ein Lätzchen mit der Aufschrift: »*Attenzione:* Spinat-Mafia, *capisci!*« Finde ich persönlich sehr lustig. Onkels sind meiner Meinung nach entspannter als Tanten. Sie melden sich wenig, wollen selten wissen, wie es in der Schule läuft, ob man Hobbys hat, lassen aber, wenn man sie daran erinnert, dass sie den Geburtstag vergessen haben, in der Regel Geld springen oder leihen einem das Auto. Tanten tun das nicht. Tanten verleihen keine Autos. Tanten vergessen keine Geburtstage.

Was glaubst du, was es wird, wollte Jaime wissen. Woher soll ich das wissen, fragte ich mich. Jaime ist ein richtig cleverer Kerl. Vor ein paar Wochen hätte er eine so dusselige Frage nicht gestellt. Vielleicht hat das mit dem Vaterwerden zu tun. Vermutlich.

Ein Mädchen, sagte ich, es wird bestimmt ein Mädchen.

Ich sagte das, weil ich mit Mädchen besser zurechtkomme als mit Jungs. Ich weiß nicht, woran das liegt. Ich finde kleine Jungs entweder überdreht oder ein bisschen dumm. Später ändert sich das, sehr sogar, aber so bis zehn, zwölf sind mir Mädchen lieber. Weihnachten hat sich das wieder gezeigt.

Ich war in unserem Haus in Spanien, und wie so oft habe ich den ersten Weihnachtsfeiertag damit verbracht, mit meinen Cousinen zu spielen. In diesem Jahr hatte das Spiel keinen besonderen Namen. Es bestand darin, dass mein Bett der Schlitten war, María, Mari, Isabel, Clara, Rosa, Mabel, Esther, Yolanda, Paulina und die schüchterne Eva waren der Weihnachtsmann, und ich – auf allen vieren vor dem Bett – ein finnisches Rentier.

Ihr müsst Ho, Ho, Ho rufen, sagte ich.

Keine Chance. María, Mari, Isabel, Clara, Rosa, Mabel, Esther, Yolanda, Paulina und Eva fanden es besser, *rápido, rápido* zu schreien und mich mit meinem Gürtel anzutreiben. Ich muss zugeben, dass ich überrascht war, wie demokratisch das zuging. Jede durfte mal den Cousin aus Deutschland auspeitschen. Kein Streit, kein Gedränge, alles sehr gesittet. Nach einer Weile versuchte ich, die Bande zu überzeugen, dass mein großes Kissen eine viel bessere Peitsche hergeben würde. Es sei ja viel größer und schwerer.

Ein Kissen als Peitsche ist unrealistisch, sagte Rosa.

Ich war ein finnisches Rentier, sie ein Zehntel des Weihnachtsmanns, zusammen waren wir in meinem Zimmer in Südspanien, aber Rosa fand ein Kissen als Peitsche unrealistisch. Rosa ist vier, klug und gerissen. Bestimmt werden sich mal viele Männer in sie verlieben.

Sie hatte natürlich recht. Ein Gürtel war näher an einer Peitsche als ein Kissen, und außerdem hätte es mir mit vier auch mehr Spaß gemacht, meine ältere Cousine mit einem Gürtel und nicht mit einem Kissen zu traktieren. Nach einer Weile fing ich an zu schreien, und meine Mutter kam ins Zimmer. Sie rief den Rest der Familie. Sie machten Fotos. Wie ich kürzlich erfahren habe, hängt eines der Bilder neben dem Bett der kleinen Rosa an der Wand. Ich weiß nicht, ob ein Auspeitschmotiv neben einem Kinderbett förderlich für die spätere Entwicklung des Kindes sein mag, aber sie sind schließlich die Eltern. Ich versteh davon nichts.

Das Baby soll im Juni kommen, sagte mein Bruder. Ich weiß noch nicht, was ich außer dem Mafia-Lätzchen mitbringen werde. Vielleicht nehme ich die *Tagesschau* auf und kaufe alle Zeitungen des Tages, damit er oder sie später erfährt, was an diesem Tag so passiert ist. Vielleicht. Ich bin ja dann Onkel, also wird es ohnehin der letzte Geburtstag, an den ich denke.

Ein Berliner Hausmeister will nach Hause

Ich glaube, das Mädchen hieß Tanja, bin mir aber nicht sicher, weil ich die Freundin am anderen Ende der Leitung kaum verstand. Tanja saß direkt hinter mir im Bus und telefonierte. Alexanderplatz bis Potsdamer Platz. Rücken an Rücken. Ich liebe es, Leute zu belauschen, aber ich hasse es, das im Bus tun zu müssen. Vor allem, wenn sie telefonieren. Im Bus ist es ohnehin schlecht, die Leute können jederzeit aussteigen. Dann muss ich auch aussteigen, und oft kommt das ungelegen. Wenn sie telefonieren, ist es noch schlimmer. Man bekommt nur die Hälfte mit. Mein Freund Thorsten meint, dass nur ziemlich kaputte Typen aus dem Bus steigen, um ein Gespräch fertig zu belauschen. Aber erstens seien ohnehin die meisten Journalisten kaputte Typen, und außerdem sei Kaputtsein sogar eine gute Eigenschaft in diesem Job. Finde ich auch. Ich drehte meinen Kopf nach hinten und tat so, als würde ich mir die Busdecke anschauen.

Jemand hatte an die Decke etwas mit Edding geschrieben: Im Bus ist eine Bombe, sie geht hoch, wenn du nach vorne schaust. Du solltest so bleiben, aber es ist deine Entscheidung.

Ich hielt es für einen Scherz, bewegte mich aber nicht. Ist ja ganz bequem so, dachte ich. Ich konzentrierte mich wieder auf Tanja.

So viel war klar, sie hatte gerade Abi gemacht und lebte noch nicht lange in Berlin. Sie hatte ein Zimmer in Charlottenburg gefunden. Der Bezirk gefiel ihr nicht, weil er ihr nicht urban genug sei.

Während ich mich fragte, was ein urbaner Bezirk war, erwähnte sie, dass ihr Germanistik gefalle. Okay Tanja, dachte ich, du studierst Germanistik, du bist in Ordnung, vermutlich stinkefaul, aber in Ordnung. Im Studium hatte ich viele Germanistik-Studenten als Freunde. Das sind die nettesten Menschen an der Uni, keine Ahnung von Literatur, aber sehr sympathisch. Ich habe VWL studiert. Meine Profs prophezeiten jedes Mal zu Beginn des Semesters ein bestimmtes Wirtschaftswachstum, und wenn sie ein halbes Jahr später merkten, dass sie, wie immer, daneben lagen, sagten sie: Diese Entwicklung habe ich Ihnen ja vorausgesagt! Wenn hingegen Germanisten versprachen, dass ein Film, ein Club, ein Mädchen großartig sei, dann war das alles auch großartig. Germanisten sind bessere Propheten als VWLer. Ich mag sie sehr.

Ich komme immer zu spät, immer, sagte Tanja. Früher muss das echt geil hier gewesen sein, so urban, so smooth, aber jetzt ist Berlin ein Kaff. Provinz, bin in der falschen Stadt. Berlin ist wie Konstanz.

Ich verstehe davon nichts, dachte ich. Ich weiß nicht, ob Berlin cool oder szenig ist. Oder out. Ich bin schon ewig nicht mehr in Mitte aus gewesen. Ich ziehe mir keine Trainingsjacke unter das Sakko, außerdem kämme ich mir die Haare, ich habe in Berlin-Mitte also nichts verloren. Aber in Konstanz am Bodensee, da habe ich zwei Jahre gewohnt, das kenne ich.

Als ich hinzog, wusste ich nicht viel über die Stadt, nur was man so gesagt bekommt. Klein, schöner See, Alpen im Hintergrund und Schweizer, die in den Kaufhäusern stehen und über die Deutschen lachen, weil alles so billig ist. Das war meine Vorstellung, und sie entspricht ziemlich genau der Realität. Was sonst noch wichtig war, erzählte mir der Hausmeister des Studentenwohnheims während des Einzugs.

Ich bin heute morgen gekommen, den ganzen Tag Nebel, nicht schön, sagte ich.

Von Oktober bis März ist hier immer Suppe, sagte der Hausmeister, das liegt am See.

Och, sagte ich.

Außerdem regnet es viel, und eine der höchsten Selbstmordraten Deutschlands haben wir hier auch.

Beim Fremdenverkehrsamt sollte der nicht arbeiten, dachte ich.

Gefällt es Ihnen nicht in Konstanz, fragte ich.

Nein, das ist hier Provinz, sagte der Hausmeister.

Hier ist es doch wunderschön, der See, die Berge, sagte ich. Wo würden Sie lieber wohnen?

Na, daheim.

Und das ist nicht in Konstanz?

Nein, Berlin, da ist es schön.

Tanja legte auf. Ich dachte noch eine Weile an meinen Hausmeister und überlegte, ob ich den Kopf senken sollte. Mein Hals begann wehzutun.

Abschiebungsängste

Mir hat der Polizeipräsident von Berlin geschrieben. Der Brief ist ein wenig kühl und beginnt so, dass er mich gleich ein wenig beunruhigte: Sehr geehrte Dame, sehr geehrter Herr!

Ich habe keinen deutschen Vornamen, und vielleicht war er sich nicht ganz sicher, ob nun Frau oder Mann, aber er hätte jemanden fragen können, finde ich. Das Ausrufezeichen hat mir auch nicht gefallen. Ich beende meine Anreden in Briefen immer mit einem Komma, das klingt nach charmanter Konversation, nach Geplauder. Anreden in Briefen, die mit einem Ausrufezeichen beginnen, machen mich nervös.

Der erste Satz des Präsidenten war nicht gerade einfühlsam: Gegen Sie wird ein Ermittlungsverfahren geführt, das folgende Beschuldigung zum Gegenstand hat, Doppelpunkt.

Ich hätte anders begonnen. Vielleicht mit: Hallo, na wie sieht's aus, alles fein? Vermutlich sind Sie ein wenig verwundert, dass ich Ihnen schreibe, wir kennen uns ja nicht, aber es gibt da eine Angelegenheit, über die wir uns mal unterhalten sollten. Machen Sie sich keine Sorgen, ist wirklich nur eine Kleinigkeit, kaum der Rede wert, aber Ordnung muss sein, sag ich immer. Finden Sie auch? Also gut, es geht um ...

Aber so fing er nicht an. Nach dem Doppelpunkt kam eine Art Tabelle mit verschiedenen Feldern, die Namen hatten. Das eine Feld hieß Tatvorwurf, in Klammern: Delikt mit kriminologischer Bezeichnung. Ein anderes hieß Tatörtlichkeit und ein drittes Tatort. Der Unterschied zwischen Ort und

Örtlichkeit klärte sich schnell. Die Straßenbahnlinie 1 war die Örtlichkeit, der Rosa-Luxemburg-Platz der Ort. Die Tat trug den Namen: Beförderungserschleichung.

Fahren ohne Fahrschein klingt nach Zeigefinger und du, du, du, Dummerchen! Oder nach: Kommt mir nicht wieder vor! Als Strafe würde ich ein Ohne-Nachtisch-ins-Bett okay finden. Aber Beförderungserschleichung? Ich muss zugeben, dass mir das Wort gefällt. Vor allem, wenn man wie ich täglich vom Prenzlauer Berg nach Mitte mit der Linie 1 fährt. Mit dem Fahrrad brauche ich zwölf Minuten für die Strecke, mit der Bahn 35. Das mit dem Schleichen ist also nicht verkehrt. Aber so meint das der Polizeipräsident nicht. Er weiß vermutlich, warum er Erschleichung schreibt. Es hört sich niederträchtig an. Zwielichtig. Skrupellos.

Ich weiß nicht, ob ich ihm antworten soll, ich würde mich gerne erklären, vielleicht entschuldigen. Als ich der Freundin meines Bruders die Sache erzählte – sie ist Argentinierin –, sagte sie: Ich weiß nicht, wie es bei euch ist, aber ich habe eines gelernt: Mit Polizeipräsidenten verscherzt man es sich nicht!

Sie klang sehr überzeugend, als sie das sagte. Ich bin mir aber nicht sicher. Es ist richtig, ich bin in den letzten zwei Jahren dreimal ohne Fahrschein gefahren. Aber es gibt Gründe. Der erste ist, dass ich vier Jahre in Köln gelebt habe. In Köln wird man nie kontrolliert, es gibt da keine Kontrolleure. Ich könnte wetten, dass mehr Menschen existieren, die einen Yeti gesehen haben als einen Kölner Straßenbahnkontrolleur, der nach einem Fahrschein fragt. Ich habe, wenn man so will, eine schlechte Sozialisation in Sachen Straßenbahnfahren erfahren. Dafür kann ich nichts. Es gibt aber noch einen Grund.

In den Berliner Straßenbahnen ist es so, dass die Fahrkartenautomaten in den Zügen sind, nicht auf der Straße. Sehr oft bin ich morgens in die Bahn gestiegen, die Türen gingen zu, und auf dem Automaten leuchtete die Lampe: Bitte passend zahlen. Manchmal hatte ich es passend, manchmal nicht. Ich weiß nicht, ob der Polizeipräsident jemals in einer Straßenbahn, die von Ostberlin Richtung Mitte fährt, einen Fahrgast gefragt hat, ob er Geld wechseln könne. Der Präsident sollte mir wirklich glauben – so etwas tut man nicht. Berliner sind netter, als viele in Deutschland denken. Aber nicht morgens. Ich fahre lieber schwarz, als morgens einen Berliner anzusprechen.

Am letzten Wochenende las ich in der Rubrik »Wenn ich Bundeskanzler wäre«, die in der *Bild am Sonntag* erscheint, den Text einer 20-jährigen Jurastudentin aus Hannover. Tanja würde als Kanzlerin dafür sorgen, dass straffällig gewordene Ausländer sofort ausgewiesen würden. Wer gegen unsere Gesetze verstößt, hat hier nichts mehr zu suchen, schrieb sie.

Ich las Tanjas Text und dann den Brief. Sie machte mir etwas Angst. Kanzlerin wird die nicht, dachte ich. Eine Frau bei der CDU? Nee, niemals.

Aber was, wenn sie Polizeipräsidentin wird?

Renzo Piano baut meinen Garten-Pavillon

Ich habe vor einigen Tagen wieder in diesem Magazin geblättert, es ist ein wenig seltsam und heißt *How to spend it*. Man könnte es mit »Wie gebe ich es aus« übersetzen. Ich wusste gar nicht, dass es Menschen gibt, die Hilfe dabei brauchen. Es ist aus England und wird alle vier Wochen der *Financial Times* beigelegt. In Deutschland behaupten viele Magazine, dass sie einem helfen möchten, Geld zu sparen oder Geld zu verdienen. Als Student habe ich das geglaubt und versucht, an einen Job als Kurierflieger zu kommen. Ich hatte in mehreren Zeitschriften davon gelesen.

Die Texte über das Kurierfliegen fingen damals alle ähnlich an: »Heute New York, morgen Paris, übermorgen Tokyo. Immer erste Klasse, immer fünf Sterne. Was für viele wie ein Traum klingt, ist für Horst Klöten aus Detmold Alltag. Zu seinen Kunden zählen die Großen der deutschen Wirtschaft: Mercedes, Allianz, die Deutsche Bank. Konzerne vertrauen ihm ihre wichtigsten Unterlagen an. Horst Klöten hat sie nie enttäuscht. Horst Klöten ist Kurierflieger ...«

Ich wollte Horst Klöten sein. Am Ende der Reportagen standen immer einige Nummern von Agenturen, die solche Stellen anbieten. Die Nummern stimmten nie. Oder sie hatten eine komische Vorwahl und waren so teuer, dass ich mich fragte, ob ich direkt bei Horst in der 747 anrief. Ich habe es auch mal als Luxuswagen-Überführer versucht, funktionierte auch nicht.

Vermutlich haben die Engländer Recht, wenn sie ein Magazin lesen, das nicht einen einzigen Hinweis enthält, wie sie

Geld sparen können. Warum sollten Redakteure wirklich gute Tipps an ihre Leser weitergeben? Völlig absurd. Das ist wie damals das Beratungsgespräch zwischen dem Sparkassenangestellten und meinem Vater. Der Mann wollte, dass mein Vater chinesische Aktien kauft.

Unglaubliche Renditen und total sicher, sagte der Sparkassenmensch.

Feste Zinsen, sagte mein Vater.

Der Vermögensberater gab aber nicht auf und redete von Wachstumsmärkten und den generellen Vorzügen der Chinesen, Chinesen seien wie Japaner, nur noch schneller, weniger verweichlicht.

Mein Vater schaute ihn an und sagte in sehr resolutem Ton: Ich verstehe nichts von Chinesen, und ich möchte bitte feste Zinsen.

Als ich ihn später fragte, warum er nicht auf den Sparkassenmenschen hören wollte, sagte er: Wenn er weiß, wie man sicher so viel Geld verdient, kannst du mir dann sagen, warum ich das bessere Hemd trage?

Manchmal stelle ich mir vor, wer *How to spend it* liest. Wer hat schon Schwierigkeiten damit, sich für einen Lear-Jet eine neue Inneneinrichtung auszusuchen? Ich glaube übrigens auch nicht, dass ein Robinson R44 – das ist ein Hubschrauber – viel praktischer und günstiger ist als eine Limousine mit Chauffeur, auch wenn das in der aktuellen Ausgabe steht. Ich kann für die englischen Männer nur hoffen, dass dieses Heft von Frauen nicht gelesen wird. Als Geschenk und annehmbaren Liebesbeweis für den Valentinstag schlägt eine Redakteurin kleine antike Pillendöschen vor. Es gebe da zurzeit ganz hinreißende Modelle aus dem Rokoko bei Sotheby's …

Hübsch fand ich auch, wie man sich dem Thema Home-Office nähern kann. Wenn ich an mein Büro daheim denke, dann denke ich an den Drehstuhl Svenning, an die Tischplatte Amon und die vier Beine Curry. Vielleicht noch an die Schreibunterlage Pröjs. Wenn jemand von *How to spend it* über das Thema Home-Office nachdenkt, überlegt er sich, wer den Pavillon im Garten, den jeder Leser besitzt, angemessen umbauen könnte. Piano, Foster oder Liebeskind – einer von denen, die Frage wird nicht abschließend geklärt.

Mir ist aufgefallen, dass in den meisten Texten nicht mal steht, wie viel die Sachen kosten. Ich vermute, die haben eine Art Redaktionsmotto: If you need to ask, you can't afford it. Ich mag diesen Spruch, und weil *How to spend it* im Grunde eine Traumvorlage ist, stelle ich mir manchmal vor, wann ich ihn einsetzen werde. Irgendwann wird mein Chef zu mir kommen und den völlig unrealistischen Satz sagen: Moreno, um wie viel soll ich dein Gehalt erhöhen?

Ich werde ihn nicht anschauen, nein, nur den Text über den Pavillonausbau weglegen: Ich glaube, ich lass es Renzo machen, ja genau, und zu deiner Frage, Chef: *If you need to ask, you can't afford it.*

Mitleid mit dem China-Idol

Vor einiger Zeit habe ich die Überschrift gelesen: »Um diesen Jungen beneiden uns eine Milliarde Chinesen« – und fand sie ganz hübsch, ein wenig übertrieben vielleicht, aber hübsch. Es ging um Timo Boll, er hatte wieder ein Turnier gewonnen. Boll ist in Hessen aufgewachsen, sein Vater arbeitet in einer Reifenfabrik, er spielt Tischtennis.

Er und ich haben einiges gemeinsam. Ich bin auch in Hessen aufgewachsen, mein Vater arbeitet auch in einer Reifenfabrik, ich habe auch Tischtennis gespielt. Leistungsklasse Tischtennis. Eigentlich hieß es Bezirks-Leistungsklasse, was gleich nach Kreisklasse kommt, aber das habe ich nie so betont. Wenn man mich fragte, sagte ich: Tischtennis, Leistungsklasse. Ich nuschelte das Tisch von Tischtennis, so dass es wie Tennis-Leistungsklasse klang. Wir haben im Tischtennis-Verein alle ein wenig genuschelt, glaube ich. Tischtennis war kein Reißer bei den Mädchen. Von den 500 Millionen Chinesinnen, die einen wegen eines Weltcup-Sieges scharf finden würden, hatte mir niemand erzählt.

Tennis war lässiger. Ich wollte es auch spielen, nicht wegen Becker, sondern wegen Miroslav Mecir. Ich hatte ihn im Fernsehen gesehen. 1985 gewann Mecir das Turnier am Hamburger Rothenbaum. Der Kommentator sagte Dinge, die mich sehr beeindruckten. Mecir spiele ohne Kraftanstrengung, sanft, geschmeidig, leicht. Dafür bekomme er als Sieger 42 500 Dollar. Ich wusste nicht, wie viel das war, aber Dollar sind besser als Mark, das hatte ich gehört. Das Beste kam aber noch. Mecir habe mit Eishockey begonnen und sei erst mit sechzehn zum Tennis gekommen, sagte der Kommentator. Erst mit sechzehn! Ich war zwölf!

Kein Aufwand, leicht zu lernen, 42 500 die Woche – Tennis war mein Sport. Leider kostete der Mitgliedsbeitrag für den Tennis-Club 130 Mark im Monat. Das war zu teuer. Ich wich auf Tischtennis aus. Ball, Schläger, Netz, irgendwie das Gleiche, dachte ich, und 13 Mark Beitrag war in Ordnung. Es sollte nur eine Vorbereitung sein für später, bis ich sechzehn war.

Anfangs fand ich Tischtennis etwas dämlich. Der Trainer zwang uns zu Beginn, zehn Minuten zu laufen. Warmlaufen hieß das. Beim Fußball liefen wir uns auch warm, aber das war logisch. Fußball ist anstrengend, Sprints, Konter, Laufduelle – darum wollte ich mein Geld ja mit Tennis verdienen. Zwanzig Runden drehten wir beim Tischtennis-Training. Einspielen, dann kamen die Übungen, immer wieder der gleiche Schlag. Vorhand, Rückhand. Manchmal eine Stunde lang. Zum Schluss wurden Pärchen gebildet, und wir machten ein Spiel.

Am seltsamsten fand ich, dass meine Gegner sich entschuldigten, wenn der Ball an die Tischkante prallte oder am Netz hängen blieb, und ich so nicht mehr an ihn rankommen konnte. Ich verstand das nicht. Es wäre so gewesen, als wenn mein Gegenspieler beim Fußball – nach einem Eigentor von mir – nicht jubeln würde, sondern zu mir gekommen wäre, den Arm um mich gelegt und gesagt hätte: Du, sorry, tut mir Leid. Die Zähne hätte ich ihm ausgeschlagen.

Nach einer Weile gefiel mir Tischtennis aber besser. Ich lernte das Schmettern, gewöhnte mir das Jubeln nach Kantenbällen ab und gewann ab und zu. Ein Tischtennis-Sieg fühlt sich anders an als ein Fußball-Sieg. Schwer zu sagen, ob besser, anders eben. Er gehört einem allein. Man teilt ihn nicht. Einmal erwischte ich mich dabei, wie ich 42 500 durch elf dividierte, mir den mickrigen Betrag ansah und Freude mich erfüllte. Wahrscheinlich hätte ich mit zwölf FDP gewählt.

Nach einem halben Jahr fragte mich der Trainer, ob ich nicht in der Jugendmannschaft mitspielen wolle. Auf Turniere fahren, Punktspiele vor Zuschauern. Natürlich wollte ich. Nach einiger Zeit trainierte ich fünfmal in der Woche und schwitzte sogar beim Training. Fußball gab ich bald auf, später auch die Tenniskarriere. Ich war nicht mehr ambitioniert. Ich glaube, mir fehlte das Feuer, wie man so sagt.

Eines meiner letzten Spiele machte ich bei einem Turnier in Südhessen. Ich war sechzehn und spielte gegen einen kleinen Jungen, der unglaublich stark war. Ich hatte so etwas noch nie gesehen. Als er mich demontiert hatte, gab er mir die Hand, ging zu einem Erwachsenen am Rand und wurde zusammengestaucht, weil er sich nicht angestrengt habe. Ich glaube, er hat das Turnier damals gewonnen.

Zu der Zeit bewunderten ihn noch nicht eine Milliarde Chinesen, zu der Zeit war er nur ein Knirps, der mir sehr Leid tat.

Im Daktari-Auto zur Tankstelle

Ich habe mir vor ein paar Tagen ein Auto gemietet, und wenn ich gewusst hätte, dass ich kein Auto, sondern einen Bus bekomme – ich hätte es mir überlegt.

Wir haben einen X5 für Sie, sagte die Frau von der Autovermietung und schaute so, als ob ich mich darüber freuen sollte.

Was ist ein X5, fragte ich mich, aber weil das wohl gut und sie sehr hübsch war, lächelte ich und sagte, nicht schlecht, gar nicht schlecht.

Sie hatten Polo bestellt, sagte die Frau.

Ja, ja, X5, sagte ich.

Sie gab mir einen Umschlag, in dem der Schlüssel lag und ein Zettel, auf dem stand, wo der Wagen parkte. Parkdeck sechs, Platz 32. Auf Parkdeck sechs, Platz 32 stand aber nicht ein Polo, auch nichts Vergleichbares, sondern ein Berg aus Blech, der Everest des Privattransports. Ich habe gelesen, dass immer mehr Menschen solche Geländewagen kaufen. Politiker dürfte das freuen. Sobald alle so ein Ding haben, kann man den Straßenbau einstellen.

Ich fragte mich, wer so ein Auto wirklich braucht. Mir fiel nur Daktari ein. Der schielende Löwe Clarence passt hinten rein, und wenn von irgendwo eine Elefantenherde herandonnert, ist dieser Wagen der sicherste Ort der Welt. Ich fühlte mich aber nicht sicher. Ich fühlte mich unwohl. Das lag an meiner ersten Freundin.

Männer, die große Autos kaufen, haben einen kleinen Penis, hat sie immer gesagt.

Mir gefiel das. Mein Auto war winzig. Natürlich ein Vorurteil, ich weiß, aber wenn ich jemanden in einem Luxus-Wagen sehe, ist in meinem Blick immer kein bisschen Bewunderung, eher Mitleid.

Ich sah zur Seite und sah eine junge Frau, die in einen Opel stieg. Sie lächelte. Vor der Anmietung hätte ich mich darüber gefreut, jetzt fragte ich mich, ob sie mich anlächelte, weil sie mich attraktiv fand, weil sie teure Autos mochte, also nur auf mein Geld aus war, oder weil sie der gleichen Meinung wie meine Ex-Freundin war. Ich schaute weg und drückte ein paar Knöpfe. Jemand sagte: Bitte fahren Sie zurück zur Route.

Ich hatte ein Navigationssystem. Okay, das kannte ich. Dieter Bohlen hat mal gesagt, dass es die einzige Frauenstimme sei, auf die er höre – lustig, der Dieter. Neben dem Feld GPS stand TV. Ich drückte den Knopf und Jo Brauner erschien. Tagesschau um drei. Der Irak-Krieg. Ich war begeistert.

Ein Fernseher im Auto, ich hatte nicht mal zu Hause einen. Ich schaute mir die Nachrichten an und schaltete nach einer Weile um. SFB, ZDF und ARD. Super. dachte ich. Star-Trek-Technologie und das Programm von 1980. Es war mir egal; ich freute mich, auf der Fahrt das Halbfinale im DFB-Pokal zwischen Bayern und Bayer schauen zu können.

Ich verließ die Parklücke und merkte, dass das Bild verschwand und »Zu Ihrer eigenen Sicherheit: TV nur im Stand« eingeblendet wurde. Ich sah mich schon auf dem Standstreifen stehen, falls es zum Elfmeter-Schießen kommen sollte.

Der Wagen fuhr wunderbar, flott und sportlich, von wegen Bus, dachte ich. In Hamburg kam ich an einer dieser kleinen Tankstellen vorbei, die etwas schmuddelig aussehen, aber bei denen es billiges Benzin gibt. Der Pächter strahlte, als er mich sah. Beim Tanken wurde klar, warum. 55 Euro, Berlin-Hamburg, einfache Fahrt. Ich habe als Student schon mal für drei Mark getankt, aber noch nie für 100 Mark halb voll.

Der Verbrauch ist bei 90 die Stunde am geringsten. Ich fuhr also 90 auf der Heimfahrt, und da der Fernseher während der Fahrt nicht funktionierte, hörte ich Radio.

Ab und zu überholte mich ein Polo.

Frau Betz und die Guano Apes

Man kann mir viel nachsagen. aber nicht, dass ich nicht für eine gute Sache kämpfe. Es gibt Momente, in denen ich über mich hinauswachse und meinen Mann stehe. Der Kampf mit der Ehefrau meines Hausmeisters ist so eine Sache – als Einziger im Haus habe ich vor meiner Wohnungstür eine Fußmatte, obwohl das ausdrücklich verboten ist. Ich werde das aber durchziehen, Fußmatte o muerte!

Frau Betz, die Hausmeisterfrau, ist ein ernster Mensch, der beim Sprechen die Arme verschränkt. Ihr Hobby ist die totale Kontrolle, die Herrschaft, George Bush sollte sie zur Chefin seiner Heimatschutzbehörde machen. Manchmal glaube ich, dass George Orwell an Frau Betz dachte, als er *1984* schrieb.

Wer sein Fahrrad im Innenhof statt im Keller abstellt, wird mit einem »Ich-weiß-ja-nicht-ob-Sie-alles-unterschreiben-ohne-es-zu-lesen-aber-im-Mietvertrag-steht-das« bedacht.

Der Frau unter mir hat Frau Betz gesagt, dass Joghurt-Becher von April bis Oktober gespült in die gelbe Tonne geworfen werden müssen, weil sie durch die Hitze anfingen zu stinken. Mir hat sie das auch gesagt, aber ich war vorbereitet: Liebe Frau Betz, in den Sommermonaten werfe ich alle Grüne-Punkt-Produkte grundsätzlich am Mittwochabend um 21.45 Uhr in die gelbe Tonne, weil der Müll am Donnerstagmorgen abgeholt wird. Ich finde es deshalb unnötig, sie vorher zu waschen, finden Sie das nicht auch?

Sie schaute mich finster an, sagte aber nichts.

Sie mag mich nicht, ich weiß. Dass ich ihr Mattenverbot umgehe, kann ihr nicht gefallen. Ich bin der Erste, der Nein sagt.

Dabei könnte ich sie beruhigen. Meine Nachbarn sind alle degenerierte Weicheier, verwöhnte Besserverdienerkinder, die lieber einmal die Woche jemanden kommen lassen, der den Boden saugt, als einer West-Point-Ausbilderin die Meinung zu sagen. Ich kann verstehen, dass sie keine Lust hat, sich zu bücken und die Matten wegzuräumen, wenn sie das Treppenhaus putzt, aber das ist nicht meine Schuld.

Natürlich hat mein Mut seinen Preis. Wenn ich die Kittel-Despotin im Treppenhaus höre, reduziere ich meine Atemfrequenz, verlasse die Wohnung nicht und verhalte mich ruhig. Man muss sie nicht auch noch provozieren.

Vor ein paar Tagen hat sie mich aber erwischt. Ich lief an ihrer Wohnung vorbei, als sie die Tür aufmachte.

Okay, dachte ich, Show-down im Treppenhaus, sie in Kittel und mit Besen, ich in meinen Laufsachen und mit dem Schlüsselbund in der Hand, den ich vielleicht als Schlagring einsetzen würde.

Was denken Sie sich dabei? Ich habe Ihnen doch schon vor ein paar Monaten gesagt, dass wir in diesem Haus keine Fußmatten haben.

Sie sagt immer wir.

Ich schaute sie nur an.

Was denken Sie sich dabei?

Mir gefiel es, wie sie sich aufregte und ihr rechter Mundwinkel ein wenig vibrierte.

Na, was denken Sie sich? Denken Sie überhaupt?

Ich dachte an ein Interview, das ich auf MTV gesehen hatte. Der Reporter hatte die Sängerin der Guano Apes gefragt, ob sie ihren Namen in den Schnee pinkeln könne. Die Sängerin sagte, sie könne sogar eine ganze Reihe von Namen in den Schnee pinkeln. Die Frau des Hausmeisters hat die gleiche Nase wie die Sängerin der Guano Apes.

Wissen Sie, sagte ich, ich frage mich, ob Sie die Guano Apes kennen und ob Sie wie die Sängerin der Guano Apes Ihren Namen in den Schnee ...

Sie schlug die Tür zu.

Viva la Revolución, sagte ich leise.

Sodomie im Herzen Deutschlands

Mein Freund Thorsten und ich sind vor ein paar Tagen in Mitte spazieren gegangen, und ich denke, dass er sich seitdem Sorgen um das Bild Deutschlands in der Welt macht.

Hast du das gesehen, fragte mich Thorsten.

Er zeigte auf eine Gruppe amerikanischer Jugendlicher, die vor dem Westin Grand standen, einem Luxushotel in der Friedrichstraße. Ich wusste, dass es Amerikaner waren, weil es leicht ist, sie zu erkennen. Amerikanische Touristen in Berlin haben Trekkingschuhe an und tragen auf ihren Schultern robuste Rucksäcke aus Wasser abweisendem Material. Manche dieser Rucksäcke haben ein eingebautes Trinksystem. Rechts vom Schultergurt hängt ein kleiner Plastikschlauch mit einem Mundstück herunter, an dem die Touristen ab und zu nuckeln. Letzte Woche habe ich einen Mann damit gesehen. Ich wollte ihn fragen, ob er sein eigenes Trinkwasser aus den USA mitgebracht habe, traute mich aber nicht. Wahrscheinlich hätte ihn das geärgert, und warum er sich für eine Stadtrundfahrt durch Berlin anzieht, als müsste er die Wüste Gobi durchqueren, würde er mir auch nicht sagen können. Wenn amerikanische Touristen im Starbucks am Brandenburger Tor ihre Desert-Storm-Schnürstiefel nicht ausziehen würden, wäre es mir ohnehin egal.

Was machen die da, fragte Thorsten und zeigte auf die Gruppe jugendlicher Amerikaner.

Die fotografieren, sagte ich.

Zum ersten Mal hatte ich das Fotografieren vor dem Westin Grand bei Italienern gesehen. Italiener sind genauso leicht zu erkennen wie Amerikaner. Es gibt zwei Arten. Über 40 und unter 40. Sind die Touristen älter, tragen die Männer Polo-Shirts in Pastelltönen, und die Frauen haben etwas an den Füßen, was das genaue Gegenteil eines amerikanischen Trekking-Stiefels ist. Die Schuhe dieser Frauen hat ein Sadist entworfen oder jemand, der keinen Schimmer davon hat, wie der Straßenbelag in der Altstadt von Florenz, Bologna oder Rom aussieht. Ich habe nie verstanden, warum ein Land, das solche Bürgersteige hat, auf die Idee kommt, feine Abendschuhe zu entwerfen.

Sind die Italiener jünger, haben sie absurd große Sonnenbrillen auf, sorgsam verwuschelte Frisuren und ebenfalls einen Rucksack. Die Marke ist Invicta. Immer. Italienische Jugendliche im Ausland tragen nur Invicta-Rucksäcke. Ich glaube, dass die vor der Ausreise den Kauf nachweisen müssen. Vermutlich gehört Invicta Berlusconi, und der hat vermutlich irgendein Gesetz erlassen, das die Sache in seinem Sinne regelt.

Sag mal, die stellen sich ja hinter den Bären, sagte Thorsten.

Genau das, dachte ich. Vor dem Westin Grand in der Friedrichstraße steht ein Buddy-Bär, wie alle diese Bären ein klobiges und hässliches Ding. Der Bär vor dem Westin Grand ist als Page angemalt. Er steht auf allen vieren.

Treiben die es mit dem, fragte Thorsten.

Ich wusste nicht, wie ich es ihm erklären sollte.

Tut mir Leid, dir das sagen zu müssen, Thorsten, aber eines der beliebtesten Motive jugendlicher Reisegruppen in Berlin ist es, sich hinter den nach vorne gebeugten Buddy-Bären des Westin Grand's zu stellen und sich beim Kopulationsversuch fotografieren zu lassen.

Hast du das schon häufiger gesehen, fragte Thorsten.

Ja, oft.

Das ist also das Bild der deutschen Hauptstadt, das um die Welt geht? Toll, echt toller Eindruck.

Mach dir keine Gedanken, sagte ich, dachte an Italien und Amerika und erwiderte, der Eindruck, den andere Länder machen, ist auch nicht besser.

Kein Blut für Öl 1990 vs. Kein Blut für Öl 2003

Ein Engländer hat vor einiger Zeit gesagt, dass er gerade überhaupt nichts verstehe: Der beste Rapper der Welt sei weiß, der beste Golfer schwarz, die Franzosen würden andere Länder der Arroganz bezichtigen, und die Deutschen seien gegen einen Krieg. Das sei alles wirklich sehr verwirrend, fand der Engländer.

Ich finde, er hat Recht.

Vor einiger Zeit habe ich eine CNN-Live-Schaltung gesehen, in der eine Reporterin im Studio zu einem Kollegen in Kuwait schaltete, weil es dort vor wenigen Sekunden zu einer Detonation in einem Militärlager gekommen sei.

Nun, Detonation sei etwas übertrieben, sagte der Kollege, der in dem Lager war, es sei eher ein Bang gewesen, ja, man könne es wohl »a sort of a Big Bang« nennen.

Mein Englisch ist nicht besonders gut, und ehrlich gesagt möchte ich immer, wenn ich CNN schaue, dem Reporter in den Mund schauen, um nachzusehen, ob da was drin ist, so undeutlich, wie die sprechen, aber nach einer Weile hatte auch ich es verstanden. Das Wort Detonation war vielleicht wirklich etwas übertrieben, genau genommen war in der Küche des Lagers irgendwas explodiert, die Fritteuse. Ich weiß nicht, warum der größte Nachrichtensender der Welt deshalb nach Kuwait schalten muss.

Ich verstehe aber derzeit vieles nicht, zum Beispiel nicht, wie man sich über die vielen Schüler ärgern kann, die zurzeit gegen den Krieg demonstrieren. Die Zeitungen sind voll von solchen Texten. Die dümmste Überschrift war »Generation

Golfkrieg«. In den Texten heißt es, dass die Schüler es mit den Demos nicht ernst meinten. Ich glaube, das könnte durchaus stimmen, denn ich habe früher auch gegen den Golfkrieg demonstriert und weiß, dass es viele verschiedene Gründe geben kann, um auf die Straße zu gehen. Ich hatte zwei Gründe.

Der erste hieß Sandra. Rote, glatte Haare, blaue Augen und zwei Muttermale genau in diesen zwei Einwölbungen in Hüfthöhe links und rechts von der Wirbelsäule. Wenn Sandra sich vor mir im Unterricht nach vorne beugte und ich das Glück hatte, den schwarzen Bund ihres Höschens zu sehen, dann sahen die Muttermale zusammen mit dem Bund aus Spitze wie ein Smiley aus. Ich liebte es, wenn mich ihr unterer Rücken anlächelte. Wenn Sandra für die Abschaffung der Sonnenbrille, das Verbot der Schweiz oder gegen das Tragen von Hosenanzügen demonstriert hätte, ich wäre vorneweg gelaufen. Ich hatte keine Ahnung von Krieg. Ich wollte in ihrer Nähe sein, und wenn das möglich war, indem ich »Kein Blut für Öl« brüllte und mit den anderen in der Klasse bis vor die amerikanischen Militärkasernen meiner Heimatstadt Hanau lief, dann tat ich das eben.

Der zweite Grund war Chemie. Ich hasste das Fach. Wenn mein Lehrer ein kurzärmeliges Hemd trug, bestand ich darauf, das Fenster aufzumachen, in der Hoffnung, dass er sich erkälten und so die nächste Stunde ausfallen würde. Der Golfkrieg kam mir sehr recht.

Man könnte sagen, dass die Lehrer mir kein schulfrei hätten geben sollen. Meine wahre Motivation sei nicht der Wille zum Frieden, sondern ein gripperesistenter Chemielehrer und Sandras Rücken gewesen, stimmt, das könnte man sagen. Aber ich habe zwei Dinge in den letzten Wochen gelernt. Zum einen, dass man über »wahre Motivation« überhaupt nichts sagen sollte, weder bei demonstrierenden 13-Jährigen noch bei amerikanischen, britischen oder deutschen Regierungsvertretern. Und zweitens, dass, obwohl ich mittlerweile viel über den Krieg gelesen habe und deutlich älter bin, ich im Grunde genau so viel verstanden habe wie damals in der Schule, als ich »Kein Krieg für Öl« schrie und hoffte, dass mich Sandra oder wenigstens ihr Rücken anlächelte.

Gegoogelt

Ich mag das Internet nicht. Da stehen schlimme Dinge über mich drin, vielleicht nicht über mich direkt, eher über Menschen, die so heißen wie ich. Ich wusste das nicht. Thorsten hat es mir gesagt.

Weißt du, wie Jean Reno wirklich heißt, fragte Thorsten. Der Schauspieler, keine Ahnung, wusste gar nicht, dass er einen Künstlernamen hat.

Jean Reno heißt wie du, seine Eltern sind Spanier, und sein richtiger Name ist Juan Moreno.

Ist das wahr?

Ja, aber er fand ihn wohl so furchtbar, dass er ihn geändert hat. Dein Name ist ihm peinlich.

Mein Name ist nicht peinlich, sagte ich.

Auf jeden Fall ist er hinderlich, um damit Karriere zu machen, also hat er ihn geändert.

Thorsten hatte Recht. Mein Name klingt lächerlich, einfältig und banal. Wer in Spanien nicht Antonio, Pedro oder José heißt, wird Juan genannt. Mein Vater heißt Juan, mein Großvater heißt Juan, mein anderer Großvater heißt Juan, zwei meiner Onkels heißen Juan, vier Cousins heißen Juan, wir heißen bei uns alle Juan. Es ist wie ein Gesetz in meiner Familie. Einen Baum nennen wir Baum, eine Melone Melone und ein männliches Neugeborenes Juan. Wahrscheinlich breche ich meiner Oma das Herz, aber sollte ich irgendwann einen Sohn haben, nenne ich ihn eher Klaus Dieter als Juan.

Ich wollte immer Connor Buchanan heißen. Connor hieß Christopher Lambert in *Highlander*, und Buchanan habe ich irgendwo aufgeschnappt. Der Name klingt verwegen, nach großem Bizeps, schmalen Hüften, nach jemandem, der ein Schiff führen kann, nach jemandem, der sich traut, Old Spice als Aftershave zu benutzen, nach Vertrauen.

Sag mal, Schatz, bei wem hast du die Police abgeschlossen? Bei Connor, Connor Buchanan vom Versicherungsbüro unten in der Stadt. Ach, bei Connor, na dann, dann ist alles gut ...

Juan Moreno klingt anders. Es klingt nach jemandem, der die Tapas langsam an den Tisch bringt und dabei den Daumen in den Teller mit dem Alioli hält, nach jemandem, in dessen Anwesenheit man nach seiner Brieftasche greift, um zu schauen, ob sie noch da ist. Der Name klingt südländisch, schwitzig, schmierig, er hat diesen Ich-nehme-mir-Eure-Frauen-Ton.

Warum, glaubst du, hat Jean Reno seinen Namen geändert, fragte Thorsten.

Jean Reno, der wunderbare Jean Reno schämt sich für meinen Namen, das trifft mich. Leon, der Profi, Enzo Molinari aus *Big Blue*, Phillipe Roche aus *Godzilla*, es wäre schön gewesen, wenn ich sagen könnte, dass Juan Moreno das gespielt hat.

Weiß nicht, er wurde gezwungen, sagte ich.

Wurde er nicht, sagte Thorsten, ich kann's dir sagen. Hast du schon mal deinen Namen im Internet eingegeben?

Natürlich, schon hundertmal, dachte ich und sagte: Nee, bin noch nie dazu gekommen.

Ich habe das mal getan. Man muss eine Weile recherchieren, wie ihr Journalisten es nennt, wenn ihr im Internet auf Sexseiten surft, also, ein gewisser Juan Moreno hat ein Comic über die Geschichte Ibizas verfasst, ein anderer Moreno ist Weltmeister im Bauchreden, Juan Moreno hält dienstags immer ein Seminar vor der schwarzen Gemeinde von Albuquerque ...

Alles kein Grund, seinen Namen zu ändern, unterbrach ich.

Thorsten lächelte. Außerdem, mein Freund, ist Juan Moreno einer der zehn meistgesuchten Sexualstraftäter von Texas.

Ich sagte nichts und dachte: Ich mag das Internet nicht.

Gerontokratische Gedanken

Manchmal überlege ich, wie es sein wird, wenn ich alt bin. Mein Freund Thorsten sagt, dass er letzte Woche bei einer Dame von der Landesversicherungsanstalt gewesen sei und über seine Rente gesprochen habe. Er sei beruhigt, sagte Thorsten, weil er nun wisse, womit er sich später beschäftigen werde.

Entweder lerne ich, von 230 Euro zu leben, oder tue das, was auch du tun wirst, mein Freund – arbeiten.

Ich habe mir bisher nicht viele Gedanken über das Alter gemacht, was sicher ein Fehler ist, wenn ich Thorsten so höre. Ich merke ohnehin nur langsam, dass ich älter werde. Ich merke es daran, dass ich zum Beispiel irgendwohin fahre, nur weil mir Freunde sagen, dass die Landschaft da toll sei. Das hätte ich früher nie gemacht. Ich weiß noch, wie ich als Kind Landschaften gehasst habe.

Schau doch mal, ist es nicht schön hier, sagte meine Mutter. Sie zeigte auf einen schiefen Baum.

Ja, Mama, das ist echt ein super Baum, sagte ich und machte mir ein bisschen Sorgen um sie.

Ich habe es ihr gegenüber nie erwähnt, aber es gibt keinen dümmeren Satz, den man zu einem Kind sagen kann. Kinder hassen Landschaften. Es gibt nichts Traurigeres für einen Sechstklässler, als nach den Sommerferien sagen zu müssen, dass man in Kärnten zum Wandern war. Es waren die gleichen Kinder, die nie zum Bolzplatz kamen, weil sie beim Gemeindebasar aushelfen mussten. Sie taten mir Leid.

Es gibt noch weitere Momente, in denen ich mein Alter spüre, zum Beispiel, wenn ich ältere Herren beobachte. Früher waren mir ältere Herren egal. Sie rochen komisch, das war alles. Ansonsten dachte ich nicht viel über sie nach. Mittlerweile frage ich mich, ob ich auch mal so sein werde.

Peter Scholl-Latour, zum Beispiel, er macht mir etwas Angst. Er hat viele Bücher geschrieben. Ich kenne nur ein paar, finde sie auch ganz gut, frage mich aber, weshalb er sie *Schwert des Islam*, *Lügen im Heiligen Land* oder *Afrikanische Totenklage* nennt und nicht *Peter Scholl-Latour – der tolle Hecht, Volume I bis XII*. Vielleicht wird man als Mann so mit der Zeit. Vielleicht lässt es sich nicht verhindern, man verliert Haare, nimmt zu, hört sich gern selbst reden und glaubt, dass selbst die begriffsstutzigen Idioten um einen herum erkennen müssten, wie großartig man ist.

Sogar Nick Hornby, der wunderbare Nick Hornby, der englische Autor, der so normal war, weil er Fußball mag, das mit den Frauen nicht hinkriegt und sagt, dass er nur deshalb Bücher schreibt, weil er keine Popsongs komponieren kann, sogar er wird alt. In seinem neuen Buch protzt er noch unerträglicher als sonst mit seinem Wissen über Popmusik. Nick Hornby ist der neue Peter Scholl-Latour.

Als was wirst du später arbeiten, fragte Thorsten.

Wir schauten gerade die Wahl des NOK zu der Olympia-Bewerbung 2012 an. Ich antwortete nicht, sondern versuchte zu verstehen, was ich da gerade sah. Wie es aussieht, dachte ich, muss ein NOK-Mitglied sehr alt sein, Städte begutachten, die ihm monatelang in den Hintern kriechen, und schließlich entscheiden, wer sich für die Austragung bewerben darf. Sollte er Mist bauen und sollten die Spiele eine Katastrophe werden, kann ihm das egal sein, weil er es vermutlich ohnehin nicht erlebt.

Ich werde NOK-Mitglied, sagte ich zu Thorsten.

Gute Wahl, sehr gute Wahl. Was, wenn's nicht klappt?
Wenn das nicht klappt, ziehe ich in eine Gegend mit einer schönen Landschaft und schreibe Bücher darüber, was für ein toller Hecht ich bin.

Deutsche und spanische Versager im amerikanischen Film

Einer meiner Lieblingsfilme lief Ostern im Fernsehen. *Gladiator* – eine pathetische, verkitschte und völlig absurde Geschichte. Der Film ist eine Art *Braveheart* auf Sandalen. Tribun Maximus, sehr mutig, sehr stark, wird vom bösen Sohn des Kaisers verraten und muss als Gladiator weiterleben. Maximus macht sie alle platt. Germanen, Ägypter, Gallier, Tiger, Löwen, Hyänen – der Ronaldo unter den Gladiatoren. Irgendwann sind sogar die Bürger Roms von ihm begeistert. Das Ende ist wenig amerikanisch. Der Gladiator stirbt unter Qualen im Kolosseum, alle sind am Boden zerstört. Es ist wundervoll.

Am besten gefällt mir, dass Maximus auch »Der Spanier« genannt wird. Ich freute mich, dass endlich mal ein Spanier in einem Hollywood-Film nicht der Idiot ist.

Nirgendwo sind sich Spanier und Deutsche ähnlicher als in amerikanischen Filmproduktionen. Spanier kommen ohnehin selten vor, was mich ehrlich gesagt freut, denn wenn sie auftauchen, schänden sie entweder gerade Indio-Frauen oder verlieren gegen Engländer Seeschlachten. Das Schlimmste ist aber, dass Spanier immer wie Deppen aussehen. Sie tragen Salvador-Dalí-Schnauzer, auf dem Kopf komische Metallhauben und dazu meistens Strumpfhosen. Engländer sehen in diesen Filmen besser aus als Deutsche oder Spanier, was nebenbei gesagt erklärt, warum man Hollywood auch Traumfabrik nennt.

Deutschen geht es also nicht besser. Sie sind Nazis und/oder Fleischberge wie Ralph Möller oder Arnold Schwarzenegger. Zwar ist Arnold Schwarzenegger aus Graz, aber in der Zeitspanne, die er braucht, um einem Menschen aus L. A. zu erklären, wo Österreich liegt, hat er zwei Blockbuster abgedreht.

Vor einiger Zeit hat Til Schweiger versucht, in den USA zu arbeiten. Er hätte sich vorher mit mir unterhalten sollen. Schweiger spielte die Rolle eines kleinen, fiesen, schmierigen Gangsters. Der Film war eine Pleite, was ich ihm gleich hätte sagen können. Kleine, fiese, schmierige Gangster sind immer Italiener. Sollten sie sich zudem nur mäßig für Frauen interessieren, keine glänzenden Anzüge tragen und ein Alkoholproblem haben, dann sind es Iren, aber nie Deutsche. Deutsche sind die mit dem wenigen Text, die wie Schweden aussehen und irgendwann »Jawoll, mein Führer!« brüllen.

Wir Spanier dürfen nicht mal das. Es gibt eigentlich nur einen bekannten Film, in dem ein Spanier ein Held ist: *El Cid*. Ein schrecklicher Film, den nicht mal die himmlische Sophia Loren rettet. Charlton Heston spielt den spanischen Nationalhelden, der gleiche Heston, der Präsident der NRA ist, Amerikas größter Waffenlobbyist. Ist das nicht toll für uns Spanier, dass jedes Kind an Heston denkt, wenn es vom Cid hört?

Manchmal frage ich mich, was die Amerikaner sagen würden, wenn wir mit ihnen genauso umgehen würden, oder wenn Eichinger auf die Idee käme, das Leben der großen amerikanischen Legenden zu verfilmen. Helge Schneider als Malcolm X, Pedro Almodóvar als Kennedy, Ingolf Lück als Neil Armstrong. Ich bin mir nicht sicher, was passieren würde. Vielleicht wären sie sauer, vielleicht würden sie sich sogar rächen. Ich weiß zwar nicht, wie, aber ich glaube, dass ich es nicht sehen möchte, bestimmt käme irgendwas mit Adolf Hitler vor, der in rosa Strumpfhosen die spanische Armada versenkt, während kastilische SS-Truppen Sophia Loren vergewaltigen, vielleicht, es ist schwer zu sagen. Man sollte sie vielleicht nicht auch noch auf Ideen bringen.

Laubenpieper mit Koteletten zieht Dill

Ich hätte nie gedacht, dass ich das jemals sagen würde, aber seit dem Telefonat kürzlich macht es ja keinen Sinn mehr, es zu leugnen. Es ist die Wahrheit, mein Vater, dieser stolze, aufrechte Mensch, der Mann mit den kühnsten Koteletten der Welt, der kein Jugendbild von sich besitzt, auf dem er nicht irgendeine Sahneschnitte im Arm oder eine Gauloise im Mundwinkel hat, der saucoole Hund ist jetzt ein Laubenpieper geworden – ein südandalusischer Laubenpieper in Deutschland.

Das werde ich diesem Land nie verzeihen. Ich weiß nicht, ob man das als geglückte Integration bezeichnet, falls ja, halte ich nicht viel davon. Früher war mein Vater locker. Ernst und respekteinflößend, aber locker. Ich konnte mich mit ihm wenigstens ein bisschen über Fußball unterhalten. Er war nie ein großer Fan, aber er hatte Ahnung.

Letzte Woche spielten in der Champions-League zwei italienische Clubs gegen zwei spanische. Die Klumpfüße gewinnen. Natürlich rufe ich ihn an.

Hast du das gesehen, Papa?

Was?

Na, Juve und Inter, die beiden Italiener, haben gewonnen.

Gegen wen, fragte er.

Du hast die Spiele nicht gesehen?

Nein, keine Zeit, ich musste im Garten arbeiten. Hab Paprika und Tomaten gesät und ein wenig Kresse und Dill.

Dill? Ich hasse Dill. Und er doch auch. Dill mit Weißweinsoße. Es ist jedes Mal zum Totlachen, wenn er erzählt, wie

Deutsche Fisch kochen, wenn er beschreibt, wie ein Thunfisch im Netz hofft, auf einem spanischen Grill verbrannt zu werden, statt in deutscher Weißweinsoße und Dill einer Seebestattung zugeführt zu werden.

Die können Autos bauen, wir Fisch kochen, sagt er, man sollte Dinge nicht ändern.

War doch nur ein Fußballspiel.

Zwei, sagte ich, es waren zwei Spiele.

Na gut, das nächste Mal, ich gebe dir jetzt deine Mutter.

Ja, mach's gut, Papa.

Den Schrebergarten hat ihm ein türkischer Arbeitskollege besorgt. Zehn Meter breit, aber 150 Meter lang, direkt an den Bahngleisen, in der Mitte eine kleine Hütte, ein windschiefes Ding, dessen Wände Boogie tanzen, wenn ein Zug vorbeifährt. Mein Vater liebt diese Hütte.

Mama nahm den Hörer. Ihm macht das eben Spaß, sagte sie. Er fährt direkt von der Arbeit zum Garten, hackt, hämmert und buddelt in der Erde. Warum stört dich das?

Weil es nicht zu ihm passt, dachte ich.

Mein Vater war ein Anti-Laubenpieper, nun ist er ein Dill-Bauer, irgendwann bestellt er Fisch in Weißweinsoße. Meine Mutter beruhigte mich.

Dein Vater ist Landwirt, dein Opa war es und dessen Opa auch. Das ist in ihm drin. Nie hat jemand in seiner Familie etwas anderes gemacht. So was geht nicht weg, nur weil er das 30 Jahre nicht mehr gemacht hat. Aber wenn du dir Sorgen machst, dass er seine Wurzeln leugnet, kann ich dich beruhigen. Wusstest du, dass er die Hälfte der Anbaufläche für sich reserviert hat? Da darf nur er ran.

Und was baut er an?, fragte ich.

Knoblauch, den stinkenden Knoblauch deiner Oma. Dein Vater ist vielleicht ein Laubenpieper, aber er ist der Laubenpieper mit der größten Pro-Kopf-Produktion spanischen

Knoblauchs in Deutschland. Er behauptet, dass Deutsche keine Ahnung von Knoblauch haben.

Ich hörte meiner Mutter noch eine Weile zu, stellte mir meinen Vater beim Knoblauchsäen vor und wurde ruhiger.

Chillen in der Nähe der Eigentlich-Jungs

Wenn mein ehemaliger Schulfreund Jonas und seine Frau Wiebke nach Berlin kommen, und das tun sie einmal im Jahr, dann habe ich ein Problem. Die beiden sind freundlich, lächeln immerzu und sagen, dass sie keine Umstände machen wollen. Natürlich machen sie Umstände. Wenn ich jemandem keine Umstände machen möchte, ziehe ich nicht ein Wochenende bei ihm ein und lasse ihn auf der Couch schlafen.

Mich setzen diese Besuche unter Druck. Jonas und Wiebke haben eine komische Vorstellung von Berlin. Für sie ist hier alles verrückt und schräg, und ich soll ihnen das bitte zeigen. Ich glaube, dass die meisten Zugezogenen in Berlin den Großteil ihrer Wochenenden zwischen April und Oktober damit verbringen, irgendjemandem das verrückte und schräge Berlin zu zeigen.

Berlin ist aber nicht schräg, und ich schon gar nicht. Ich bin unschräg, und wenn es in Berlin jemanden gibt, der keine Ahnung hat, wo man hingehen muss, um in dieser Stadt ein verrücktes Wochenende zu erleben, dann bin ich das. Der abgefahrenste Club, in dem ich im letzten Jahr gewesen bin, war ein antifaschistisches Jugendcafé, in dem Bob Marley lief, und ich war auch nur da, weil mich mein Chef hingeschickt hatte.

In Berlin kenne ich so gut wie nichts. Ich war zweimal im »Cookies«, beide Male mit meinem Freund Thorsten. Besser gesagt, wir standen einmal zehn Minuten vor der Tür und wurden abgewiesen, und ein zweites Mal kam zumindest ich bis zur Kasse.

Der Türsteher hatte mir zugenickt, kaum zu sehen, aber er hatte genickt. Ich ging rein, tat so, als hätte ich nichts anderes erwartet. Ich nickte auch und stand vor der Kasse. In diesem Moment hörte ich den Türsteher laut sagen: Heute nur Stammgäste, und du bist keiner.

Tolle Scheiße, sagte Thorsten und war so klug, nicht zu diskutieren, sondern es wie ein Mann einzustecken und zu gehen. Wir sind dann eine Bratwurst an der Friedrichstraße essen gegangen.

Das »Cookies« soll toll sein, sagt man, viele hübsche Mädchen, die einen gelangweilt anschauen, weil in Frauenzeitschriften steht, dass man es den Männern nicht zu leicht machen soll. Dazu eine Menge cooler Jungs. Die Eigentlich-Jungs, wie ich sie nenne. Berlin-Mitte ist voll von Eigentlich-Jungs. Sie sehen sehr gut aus, tragen ironische Kleidung und sind Drehbuchautoren, Komponisten oder Maler, jedenfalls eigentlich. Zurzeit machen sie aber was anderes, meist Jobben. Eigentlich finden sie das »Cookies« auch langweilig, und eigentlich ist Berlin auch scheiße, aber halt immer noch erträglicher als irgendeine andere Stadt. Eigentlich reden sie zu viel, finde ich, aber die hübschen Mädchen, die einen nie anschauen, mögen die Eigentlich-Jungs.

Was machen wir heute Abend, fragte mich Jonas.

Ich glaube, dass er so etwas erwartete wie, naja, ich weiß nicht, da soll ein illegales Restaurant in einer Kreuzberger Autowerkstatt eröffnet haben. Ich kenne aber jemanden, der jemanden kennt, der uns reinlässt. Oder zu der Opernpremiere von Klaus, einem Freund von mir. Ich habe übrigens das Libretto geschrieben. So eine Off-Geschichte, nichts Besonderes. Danach zur lecker Premieren-Party in dem alten U-Bahn-Schacht. Vielleicht machen wir aber auch einfach nur slow. Chillen ein bisschen bei Bobby in der Lounge.

Das wären alles gute Antworten gewesen.
Wiebke schaute zu mir und sagte, und, was machen wir?
Weiß jetzt auch nicht, Wiebke, Berlin ist echt schräg.

Fahrradkauf bei Messner

Vor ein paar Wochen habe ich das Buch von Lance Armstrong gelesen. Er schreibt, wie es ist, die Tour de France zu gewinnen. Schon lustig, dass der beste Radfahrer der Welt aus Texas kommt. Ich dachte immer, dass es da nicht mal Mopeds gibt, weil deren niedriger Benzinverbrauch unpatriotisch ist. Offenbar ist das falsch. Das Armstrong-Buch ist mäßig, finde ich, aber beim Lesen bekam ich Lust, wieder Fahrrad zu fahren.

Da mir mein altes geklaut worden ist, brauchte ich ein neues. Einen Nachmittag verbrachte ich in Fahrradgeschäften, da ist mir klar geworden: Keine Ahnung, wie schwer es ist, an einen guten Kernspintomographen zu kommen, aber dafür braucht man vermutlich weniger Fachwissen als beim Kauf eines Fahrrads.

Von welchem Komponenten-Niveau sprechen wir, fragte mich der Verkäufer.

Er erinnerte mich an Reinhold Messner, er sah nach Abenteuer aus, nach jemandem, der von Ulan Bator nach Montevideo mit dem Fahrrad gefahren ist und sagt, dass er sich dabei »spirituell weiterentwickelt habe«.

XT, LX, Alivio, Nexave, was soll es sein?

Was für die Stadt, am liebsten in Schwarz, sagte ich.

Messner verdrehte die Augen.

Vielleicht ein Crossrad, sagte Messner, eins mit Getriebenabe, ist auch wartungsfrei.

Eigentlich finde ich das Wort wartungsfrei wunderbar. Ich möchte mich mit Dingen, die ich kaufe, außerhalb ihrer eigentlichen Funktion nicht beschäftigen. Ich warte nicht. Ich hasse es. Die Heizstäbe meiner Waschmaschine sind bestimmt ruiniert; als ich noch ein Auto hatte, war mir der Ölstand egal, und ich habe noch nie eine Reinigungskassette gekauft. Ich möchte mich mit solchen Dingen nicht beschäftigen. Das ist meine Zeit, meine Lebenszeit, und ich finde, dass ich genug damit zu tun habe, mich selbst zu warten. Wartungsfrei ist toll, doch wie es Messner sagte, klang es nach: Schau mal, die sind so gebaut, dass selbst du Dummdödel damit zurechtkommst.

Was ist mit dem hier? Ich zeigte auf ein dunkelblaues Herrenrad. Es hatte Licht, drei Gänge und sah normal aus.

Bedingt empfehlenswert, sagte Messner, mindere Fernost-Qualität.

Warum steht das Ding dann in deinem Laden, fragte ich, aber leider nur mich, nicht ihn. Vermutlich, damit Menschen wie ich reingehen, nach dem 200-Euro-Fernost-Ding fragen und du ihnen schließlich etwas verkaufen kannst, das ein kleiner, aber traditionsreicher Familienbetrieb in der Nähe von Oldenburg baut und so teuer ist, dass ich für das Geld erster Klasse alle Fahrrad-Komponenten-Fabriken in Fernost besuchen könnte. Mir gefiel das Fernost-Ding.

Ein Radkauf sollte eine bewusste Entscheidung sein, man sollte den Kauf später nicht bereuen. Wir werden uns schon einig, sagte Messner.

Ich fragte mich, wie das gehen sollte. Ich wollte Fernost-Scheiß für 200, er Oldenburger Mörderqualität für 1000 Euro. Schließlich verblieben wir, dass ich mir die Sache in Ruhe überlegen sollte. Ich sollte über das Rad nachdenken, das zu mir passt. Ich würde schon die richtige Entscheidung treffen, sagte Reinhold Messner.

Kluge Worte, dachte ich, kluge Worte. Ich ging in die nächste Buchhandlung und kaufte *Mein langer Lauf zu mir selbst* von Joschka Fischer.

Jetzt brauche ich Turnschuhe.

Celine und das wirklich Wichtige

Ich wollte es lange Zeit nicht glauben, aber mittlerweile bin ich mir sicher. Ich bin ein Frauentyp. Man sollte solche Dinge nicht behaupten, ich weiß, viele könnten einen für arrogant halten, aber manchmal, finde ich, muss man Sachen beim Namen nennen.

Ich bin ein Frauentyp.

Gemerkt habe ich es vor einigen Wochen. Ich bekam eine E-Mail von Celine. Wollte mich nur mal melden, Grüße C, hatte sie in die Betreffzeile geschrieben.

Ich kenne keine Celine, das weiß ich genau. Eine Birgit, eine Tanja, eine Gabi könnte ich vielleicht vergessen, unwahrscheinlich, aber ich möchte es nicht ausschließen. Aber Bernadettes, Chantals und Celines vergesse ich nie.

Celine erzählte mir in ihrer Mail, dass sie lange überlegt habe, ob sie mir überhaupt schreiben sollte, und dass sie ehrlich sein würde. Oft habe sie in letzter Zeit an mich denken müssen. Ich sei etwas Besonderes, das wisse sie jetzt. Über sich könne sie nichts Neues berichten. In ihrem Leben habe sich nichts getan. Das Übliche eben, viel Arbeit, viel Stress und wenig Zeit für die wirklich wichtigen Dinge im Leben, für die Dinge, die sie beschäftigen würden, die Dinge, auf die es ankäme, die es wert seien. Sie frage sich, ob das für mich die gleichen Dinge seien wie für sie. Dann verabschiedete sich Celine und schickte mir einen Kuss und eine Umarmung.

Ich fühlte mich geschmeichelt und überlegte, was sie mit den »wirklich wichtigen Dingen« im Leben meinte. Bei mir ist das sehr unterschiedlich. Zum Beispiel ist es für mich zur Zeit wichtig, dass Eintracht Frankfurt in die Bundesliga aufsteigt. Es ist nicht lebenswichtig, aber ich würde mich ärgern, wenn sie es versauen. Wichtiger vielleicht als der Aufstieg der Eintracht wäre mir, dass mein Vater mit dem Rauchen aufhört. Ich weiß aber, dass er es nicht tun wird, weil er mit acht Jahren damit angefangen hat und nie aufhören wird, aber wichtig wäre es mir schon. Für meine Mutter ist wichtig, dass mein Bruder ihr im Juli eine gesunde Enkelin schenkt und dass ich als der Älteste es ihm möglichst bald nachmache, was ich wiederum für sehr unwichtig halte.

Die Frage, was wirklich wichtig im Leben ist, konnte ich Celine nicht beantworten. Das ist zu kompliziert. Effenberg hat da eine eigene Meinung, George Bush auch, ebenso wie jemand, der keine Arbeit hat oder der in Zentralafrika lebt. Alles ist irgendwie wichtig, relativ gesehen. Gewissermaßen relativ wichtig und damit irgendwie auch relativ unwichtig. Ich wollte Celine nicht enttäuschen, aber ich war dem Thema einfach nicht gewachsen.

Ich schrieb: Liebe Celine, danke für deine netten Zeilen. Ich glaube, dass du dich vertan hast. Die Mail war sicher nicht für mich bestimmt, aber ich habe mich gefreut, sie lesen zu dürfen. Ich kann dir nicht sagen, was die »wirklich wichtigen Dinge« im Leben sind. Liebe, Gesundheit, Eintracht Frankfurt, ich weiß es nicht. Alles Liebe, ein dir unbekannter Freund.

Dann wartete ich auf eine Antwort, die nie kam.

Dafür erhalte ich seit diesem Tag in jeder Woche über zweihundert E-Mails von anderen Frauen. Vielleicht sind es Freundinnen von Celine. Sie heißen Rochelle Jaramillo, Kelly Gore, Lenny Tanner oder Perlie Yang. Eine von ihnen, ich glaube, es ist Kelly, geht immer wieder auf die Frage ein, die ich mit Celine besprochen hatte. Ihre Betreffzeile lautet:

Cure your impotence, by improving those weak erections with our incredible new product. Special Offer: 79 $! Women will love your bigger penis. What really matters? Size does matter!

Strandtennis mit Streubombe

Manche Dinge tue ich mit der Zeit nur noch ungern. Wenn sie anstehen, erledige ich sie, erfülle Erwartungen, funktioniere, aber gern mache ich sie nicht, wirklich nicht.

Zum Beispiel mag ich es nicht, mit Frauen Sport zu treiben. Ich kann es nicht ausstehen. Vor allem jetzt, wo das Wetter besser wird, wollen viele Frauen plötzlich Sport machen. Sie verlangen, dass man mit ihnen im Park Volleyball oder Badminton spielt. In dieser Beziehung sind sie wie Kinder. Es ist langweilig, unendlich langweilig, mit einem Kind Fangen, Gummitwist oder Himmel und Hölle zu spielen, aber man tut es. Kinder brauchen das für ihre Entwicklung, und sie schauen einen während des Spielens an, als sei man ein Held. Außerdem wissen sie es einfach nicht besser.

Warum Frauen es nicht besser wissen, weiß ich nicht. Es ist egal, was man spielt. Tischtennis, Hockey, Billard. Alles, für das man einen Ball und Koordination braucht, wird zur Qual, wenn man es mit einer Frau spielen muss. Ich meine das nicht frauenfeindlich, es ist nur so, dass ich auch nicht zu Mike Tyson gehe, wenn mir danach ist, ein wenig rumzuraufen.

Das Schlimmste an der ganzen Sache ist, dass man so heucheln muss. Wenn sie im Park mit Frauen spielen, sagen Männer komische Sätze: Wirklich, es ist echt superschön mit dir, nächstes Mal den Ball ein bisschen mehr in meine Richtung, ja? Nein, macht nichts, dass die Frisbee-Scheibe in die Gruppe mit den jungen Türken gerast ist und einer von denen jetzt am Kopf blutet. Ich geh schnell mal zu denen rüber und hol die Scheibe, ja?

Zum ersten Mal ist mir das letztes Jahr am Strand aufgefallen. Ich war mit einem Freund im Urlaub, und wir spielten dieses Strandtennis mit dem Gummiball und den zwei Holzschlägern. Nicht weit von uns entfernt stand ein junges Pärchen. Sie war eine wunderschöne Frau mit dunkler Haut und dunklen Haaren. Er war blond und hatte so viele Muskeln, dass ich überlegte, ob ich nicht mein T-Shirt wieder anziehen sollte. Sie spielten Strandtennis.

Während es bei meinem Kumpel und mir darum ging, den anderen platt zu machen, ihn zu demütigen, also möglichst hart und fies zu schlagen, und während wir uns immer wieder stritten, weil wir unsere im Sand gezogenen Auslinien ständig verwischten, versuchte das Luxus-Pärchen gegenüber, den Ball möglichst lange im Spiel zu halten, was natürlich nicht klappte.

Die Frau haute die Kugel durch die Gegend, und der Typ, der sehr verliebt schien, raste dann stets wie ein apportierender Hund dem Ball hinterher. Während er Bällchen holte, zupfte sie sich das Bikini-Oberteil zurecht, fächerte sich mit dem Schläger Luft zu oder gähnte. Ich war fassungslos. Sie verteilte die Bälle über den Strand wie eine Streubombe ihre Splitter – und tat auch noch gelangweilt.

Ich glaube, dass Frauen keine Ahnung haben, was für ein Liebesbeweis es ist, mit ihnen Sport zu treiben. Ein Mann, der sagt, komm, lass uns doch gemeinsam am Samstag in den Park gehen und vielleicht ein bisschen Federball spielen, meint: Du, ich weiß nicht, wie ich es sagen soll, aber ich glaube, dass ich mich wirklich in dich verliebt habe.

Männer machen Sport mit Frauen aus den gleichen Gründen, aus denen sie sich auf der Toilette hinsetzen oder eines dieser Lieder von U2 hören. Aus Zuneigung, aus Liebe oder sonstigem Zwang.

Mit Spaß hat das nichts zu tun.

Brennt ein Seat vor dem Bernabéu

Man könnte sagen, dass mein Bruder ein kleines Problem mit seinem Auto hat. Paco lebt in Madrid und hat sich vor vier Wochen einen Seat gekauft. Einen 33 Jahre alten Seat. Hätte er sich einen 33 Jahre alten Benz gekauft, mein Vater hätte nur den Kopf geschüttelt und ihm eine Liste mit den günstigsten Schrottplätzen Kastiliens geschickt.

Bei einem Seat ist das anders. Ich bin mir sicher, dass es meinem Vater leichter zu vermitteln gewesen wäre, dass Paco sich vier alte Brauerei-Gäule und einen Planwagen gekauft hat als einen Seat. Mein Vater liebt sein Land, aber er würde nie etwas aus spanischer Fertigung kaufen, das Strom oder Benzin braucht. Er hat, was spanische Industrieprodukte angeht, mehr Vorurteile als alle Deutschen zusammen.

Warum macht er das, fragte er mich.

So ein Auto ist schick, sagte ich. Frauen finden das lässig.

Frauen sind Autos egal, glaub mir. Nicht egal ist ihnen, wenn sie nachts auf der Landstraße liegen bleiben, und genau dafür wurden spanische Autos gebaut. Ich hatte zwei, beide sind nachts liegen geblieben, beide Male war deine Mutter dabei, frag sie, wie lässig sie das fand.

Ich konnte ihm nicht die Wahrheit sagen. Mein Bruder hatte sich den Seat nicht gekauft, weil er ihn wollte, sondern weil er der billigste in der Rubrik »Fahrtüchtige PKWs unter 500 Euro« war. Fahrtüchtig ist ein weit gefasster Begriff in Madrid.

Hi, Bruder, willst du mal was Lustiges hören, fragte mich Paco am Telefon.

Es ist nie lustig, wenn er so ein Telefonat beginnt.

Was ist passiert?

Der Seat steht vor dem Bernabéu.

Das Bernabéu ist das Fußballstadion von Real Madrid. Es ist mitten in der Stadt, an der Castellana, der meistbefahrenen Straße der Stadt. Eigentlich kann man da nicht stehen.

Was ist los, ist er stehen geblieben?

Auch das.

Und was noch?

Die Karre brennt gerade aus.

Nicht schon wieder, rief ich.

Doch, schon wieder.

Ich weiß nicht, ob ein Fluch über uns liegt, ob wir in einem früheren Leben einem Auto etwas Schlimmes angetan haben, aber das war mittlerweile der dritte Wagen, der mir oder einem meiner beiden Brüder ausbrannte. In unserer Familie bauen wir keine Unfälle. Wer uns ein Auto leiht, kann sicher sein, dass wir keine Beule reinfahren. Nie. Es kann aber sein, dass wir mal wieder einen Wagen in einer Urne zurückgeben, weil er verbrannt ist.

Meinem jüngeren Bruder Jaime ist vor ein paar Jahren sein Mini irgendwo bei Frankfurt verbrannt. Er fuhr auf der Autobahn, plötzlich brannte die Motorhaube. Einfach so, sagt er. Ich weiß noch, dass er damals alles retten konnte, bis auf die Schulbücher und meine Turnschuhe. Als mein Fiesta brannte, habe ich nichts gerettet. Ich dachte kurz daran, erinnerte mich aber an das, was mir vom Film *Lethal Weapon* mit Mel Gibson als Lebensweisheit geblieben war: Brennende Autos explodieren nur, wenn man einen Schritt auf sie zugeht.

Ich rief die Feuerwehr, die nach einer Stunde kam und mir sagte, dass der Wagen ausgebrannt sei und dass sie jetzt auch nichts mehr machen könne, und ich antwortete, dass ich mir das schon gedacht hätte.

Was machst du jetzt, fragte ich Paco.

Papa fragen, ob er mir 100 Euro für einen Seat leiht.

Dienstleistungs-Triumvirat

Seit Wochen gehe ich weder zum Bäcker noch zum Metzger noch zum Friseur. Die drei sind Halsabschneider, redselige, vermutlich sogar nette Menschen, die sagen, dass sie in diesen Zeiten schauen müssten, wo sie bleiben, und ich glaube, dass ich das einsehe und dass ich Verständnis habe und all das, aber für mich sind sie Halsabschneider, die kein Herz in der Brust haben, sondern etwas, was einer Registrierkasse sehr ähnlich sein muss.

Der Bäcker zum Beispiel. Er ist einer von denen, die zehn Cent verlangen, wenn sie das Brot in Scheiben schneiden. Vor ein paar Wochen hatte ich für Sonntag Freunde zum Brunch eingeladen. Ich ging am Donnerstag in die Bäckerei und sagte, dass ich Brötchen reservieren wolle. Kein Problem, sagte die Angestellte, ich solle nur bitte sofort bezahlen, weil man schlechte Erfahrungen mit Vorbestellungen gemacht habe. Verstehe, log ich und zahlte.

Als ich am Sonntag kurz vor Ladenschluss in das Geschäft kam, schaute mich die Angestellte überrascht an und sagte, dass sie so spät gar nicht mehr mit mir gerechnet habe, und dass nun keine Brötchen mehr da seien. Ich könne eine Torte haben. In diesem Moment kam der Chef rein. Er kläre das.

Sie wissen nicht zufällig, was oft mit den Lufthansa-Flügen am frühen Abend passiert, die man im Voraus bezahlt hat?

Ich überlegte. Nein, weiß ich nicht.

Überbucht.

Sie wollen mir sagen, ihre Bäckerei ist überbucht?

Jenau ditte, sagte mein Bäcker.

Ich ging aus dem Laden, fuhr zur Tankstelle und kaufte Aufback-Croissants. Ich wollte nicht darüber nachdenken.

Der Metzger, ein paar Straßen weiter, ist auch nicht besser. Ich kaufe selten bei ihm ein, nur manchmal eine Currywurst. Wenn ich sie zum Mitnehmen möchte, verlangt er fünf Cent für das Alu-Papier, wegen der Umwelt.

Ich habe nichts dagegen, dass er sich das Alu-Papier extra bezahlen lässt, aber dass er den Umweltschutz anführt, macht mich fertig.

Der dritte ist mein Friseur.

Guten Tag, was kann ich für Sie tun?

Seit Jahren gehe ich zu ihm, und seit Jahren fragt er mich zur Begrüßung, was ich möchte. Was erwartet er als Antwort? Warum fragen Friseure das? Manchmal stelle ich mir vor, wie ich nicht sage, ich würde mir gerne die Haare schneiden lassen, sondern, wissen Sie, ich bin hier, weil mein Bad tapeziert werden muss, außerdem verstehe ich nicht, wie Beckham so viel Effet in die Flanken bekommt, vielleicht können Sie mir ja weiterhelfen.

Aber ich traue mich nicht. Mein Friseur mag mich nicht, weil ich nie eine seiner Kuren möchte und mir schon zu Hause die Haare gewaschen habe. Ich bin ein Nur-Schneiden-Kunde. Friseure hassen solche Kunden.

Nach dem Schneiden ist es immer gleich. Er nimmt das Lätzchen runter, bürstet den Nacken aus und schaut mich an wie ich früher meinen Vater bei der Weihnachtsbescherung. Bisher nickte ich immer, egal wie dämlich ich aussah. Letztes Mal habe ich mich gewehrt.

Die rechte Kotelette ist toll geworden, wirklich ganz toll, aber die linke, wo ist die hin? Sie ist weg.

Aber nein, sagte mein Friseur.

Aber doch, sie ist ja nicht da.

Finde ich überhaupt nicht.

Er nimmt mir die Kotelette und die Würde, dachte ich.

Wissen Sie was, ich bin zwar nicht Ihrer Meinung, aber der Kunde ist König. Sie haben Recht, ich verspreche, dass es nicht wieder vorkommt. Gehen wir nun zur Kasse?

Formel 1, Sport für Männer ohne Bartwuchs

Warum jemand 100 Euro für ein Rolling-Stones-Konzert ausgibt, warum in Berlin alle Gebrauchtwagenhändler blau-weiße Girlanden über den Hof spannen, warum Frauen zu Beginn einer Beziehung, nachdem sie »Gute Nacht, schlaf gut, Liebling« gesagt haben, etwas später »Sag, schläfst du schon?« hinzufügen – das sind alles Dinge, die ich nicht verstehe, aber alles ist leichter nachvollziehbar, als sich ein Formel-1-Rennen anzuschauen.

Ein Freund hat mir kürzlich gesagt, dass er nicht wisse, ob er für dieses Wochenende auf Schumi- oder auf Michelin-Wetter hoffen solle. Als Ferraristi hätte er gern, dass Schumi auf dem Nürburgring gewinnt, dafür wäre Regen besser, allerdings würde er gern auf dem Balkon grillen.

Ganz hin- und hergerissen bin ich, sagte mein Freund.

Ich schwieg nur und wünschte mir, seine Sorgen zu haben.

Ich finde Autorennen unerträglich langweilig. Als Kind dachte ich, Rennfahrer sind aufregend, wild, gefährlich. Männer, die ihr Leben riskieren, viele Frauengeschichten haben und mit ihrem Privatauto wie die letzten Sauhunde fahren. Irgendwann wurde ich älter und merkte, dass der beste Fahrer der Welt Michael Schumacher heißt, seine Frau nie betrügt und auch mit dreißig keinen Bartwuchs hat.

Das Schöne am Sport im Fernsehen ist, dass man sich vormachen kann, man könnte es nachmachen. Es sieht leicht aus. Man sitzt auf der Couch, sieht der deutschen Nationalmannschaft zu und brüllt: Was seid ihr denn für Flaschen? Her mit der Kirsche, ich mach das Ding rein! Wenn ich Autorennen sehe, will ich überhaupt nicht mitmachen. Ich will nicht nachdenken, welche Luftverwirbelung mein Spoiler verursacht, ob die Hydraulik stimmt oder das blöde Fahrwerk in Ordnung ist. Formel 1 ist kein Männersport, es ist der Sport für Jungs, die mit 15 nicht ihren ersten Zungenkuss bekommen haben, sondern ihren zehnten Fisher-Price-Technikkasten.

Ich war ein einziges Mal bei einem Formel-1-Rennen. Monte Carlo, 1993. Es ist nicht so, dass ich es bereue. Es war eine Erfahrung. Ich habe damals 70 Mark bezahlt, um auf einem großen Hügel zu sitzen, der Secteur Rocher hieß und von dem aus nicht mal ein Nasa-Pilot etwas hätte erkennen können. Die Rennstrecke war irgendwo unten im Tal. Der Secteur Rocher war sehr steil, und eigentlich war es gut, dass man nichts vom Rennen mitbekam. Ich hätte es nicht geschafft, mich auf die Autos zu konzentrieren und mich gleichzeitig an der Baumwurzel festzuhalten, die mich vor dem Runterrutschen bewahrte.

Neben mir saßen einige Italiener, attraktive Männer, die nach Eau de Cologne rochen. Es dauerte keine fünf Minuten, bis wir anfingen, uns zu streiten. Die Italiener wollten nicht einsehen, dass der spanische Radgott Miguel Indurain ein viel besserer Sportler war als der italienische Formel-1-Fahrer Michele Alboreto. Ich hatte natürlich weder von Rad- noch von Autorennen Ahnung, aber wenn Spanier und Italiener diskutieren, ist Ahnung und Fachwissen das Letzte, was man braucht. Zwischen mir und den Italienern wurde es zwar zwischenzeitlich recht laut, aber am Ende lagen wir uns glücklich in den Armen, weil der Brasilianer Ayrton Senna gewonnen hatte und nicht der hässliche Engländer Damon Hill.

Es war ein schöner, ein lehrreicher Tag. In Monte Carlo herrschte Michelin-Wetter, mein Rücken hatte die Farbe von

Schumachers aktuellem Auto bekommen, und ich hörte einige Flüche auf Italienisch, die ich bis dahin nicht kannte, und lernte fürs Leben, dass es keinen vernünftigen Grund auf der Welt gibt, sich ein Formel-1-Rennen anzuschauen.

Und dann küsst Joop seinen Hund

Thorsten, mein etwas anstrengender Freund, war zu Besuch gekommen und stand neben meinem Kühlschrank. Er machte ihn auf, nahm sich eine Packung Milch, roch daran, verzog das Gesicht und kippte die Milch in die Spüle. Ich schaute ihm zu. Thorsten ging zurück zum Kühlschrank, holte sich einen Saft und drehte sich zu mir.

Sag mal, wie stehst du eigentlich zu Hunden?

Ich antwortete nicht, schaute nur zur Spüle. Die Milch hatte ich am Morgen gekauft, sie war nicht sauer, nie im Leben. Ich fragte mich, ob ich mich beschweren sollte, und beschloss, es zu lassen. Es war meine Schuld. Ich hatte Thorsten zu Beginn unserer Freundschaft gesagt, dass er sich bei mir wie zu Hause fühlen solle. *Mi casa es tu casa.* Meine Mutter sagt das zu jedem, der nach Hause kommt. Ich habe häufig versucht, ihr klar zu machen, dass sie das zu Türken, Griechen oder Italienern sagen kann, weil Ausländer wissen, dass das nur ein Spruch ist, eine Floskel, die nichts bedeutet. Zu Deutschen sollte man den Satz nicht sagen, Deutsche glauben ihn. Sie denken wirklich, dass der andalusische Bergbauer sich wie verrückt freut, wenn ein Rucksacktourist sich zum Mittagessen einlädt. Aber das ist ein Irrtum, der Bauer ist höflich, was oft das genaue Gegenteil von ehrlich ist.

Ich habe keine Meinung zu Hunden, sagte ich.

Magst du sie?

Hunde sind mir egal, antwortete ich, was eine Lüge war. Hunde gehen mir auf die Nerven. Ich mag sie nicht. Sie mögen mich nicht. Es ist in Ordnung, ich bin drüber weg. Dass ich mit Hunden ein Problem habe, ist auch so eine Ausländer-Sache.

Ich weiß, zum Beispiel, dass deutsche Touristen in Spanien sehr beliebt sind. Viele Deutsche glauben, es läge daran, dass sie sich im Urlaub nicht so wegballern wie die Engländer oder dass sie nicht wie die Holländer glauben, mit einem Wohnwagen durch die Altstadt von Cádiz fahren zu müssen, aber das ist es nicht. Ich glaube, dass meine Landsleute die Deutschen deshalb so mögen, weil sie jedes Jahr Hunderte von verlausten herrenlosen Hunden von der Straße holen. Während sich die meisten Spanier über die Misttölen aufregen, weil sie gegen parkende Autos kacken und nachts die Mülltonnen umwerfen, kümmern sich die deutschen Touristen um das Problem. Deutsche Touristen sind tolle Kümmerer. Sie kaufen einen Käfig, rufen bei der Fluggesellschaft an, zahlen den Hunde-Zuschlag für den Rückflug und nehmen Hunde und Läuse mit nach Deutschland. Natürlich sind sie beliebt.

Ich frage dich das mit den Hunden wegen Wolfgang Joop.

Was hat der denn mit Hunden zu tun?, fragte ich.

Ich habe ihn vor ein paar Tagen in Mitte gesehen, erzählte Thorsten, war irgendwie schräg. Ich stand vor einem dieser Mitte-Läden, diese ganz hippen, du weißt schon, und fragte mich gerade, welcher russischen Gewichtheberin aus den Achtzigern der hässliche Trainingsanzug im Schaufenster mal gehörte, als Wolfgang Joop mit einem Hund an mir vorbeigeht. Plötzlich fängt der Hund an zu rennen und Joop hinterher. Wie beim Wasserski. Joop schreit, stopp, Honey, stopp, da nicht rein, aber er hört nicht. Der Hund rast in das Geschäft, nach einer Weile kommen beide wieder raus. Joop kniet sich vor den Hund, redet lange auf Englisch mit ihm und küsst ihn schließlich auf den Mund und auf die Zunge.

Das ist ja widerlich, sagte ich.

Ja, und wie.
Er hat eben einen sensiblen Hund.
Es war einfach nur eklig, sagte Thorsten.
Ich glaube, dass Joop nach Spanien fahren sollte.

Schrumpfköpfe

Vor ein paar Jahren hatten einige Frauen in meinem Bekanntenkreis diese Poster an der Wand, auf denen ein Mann mit muskulösem Oberkörper ein Baby im Arm hält. Die Typen sahen ein wenig nach Christopher Street Day aus, und die Babys dösten so friedlich, als habe ihnen jemand Valium ins Milupa getan. Der Fotograf hatte für die Aufnahmen einen Weichzeichner und indirektes Licht benutzt. Das Ganze wirkte friedlich und zufrieden. Ich konnte die Poster nicht ausstehen.

Das lag nicht an den Männern, mich störten die Babys. Ich schaue mir nur ungern Babybilder an. Sie erinnern mich an meine eigenen. Ich bin vor mehr als 30 Jahren auf die Welt gekommen und sehr dankbar dafür, dass es damals noch keine Handys gab, mit denen man Fotos machen und verschicken konnte. Es ist vielleicht nicht sehr schmeichelhaft, aber es ist die Wahrheit: Es gibt Bilder von hässlichen Babys, von superhässlichen Babys – und es gibt Babybilder von mir.

Ich könnte wetten, dass mein Vater viel Geld ausgegeben hat, um im Südspanien der Siebziger eine Kamera zu bekommen, mit der man Farbbilder machen konnte. Manchmal frage ich mich, warum er das damals getan hat. Wenn ich nicht wüsste, dass er mich liebt, würde ich sagen, es war Gehässigkeit. Ich sehe auf allen Bildern wie eine dieser genmanipulierten Tomaten aus, deren Einführung die Europäische Union zu verhindern versucht.

Meine Mutter hat mir einmal erzählt, was die Nonne in

dem katholischen Krankenhaus bei meiner Geburt gesagt hat. Die Frau hielt mich im Arm, schaute mich eine Weile an und sagte: Das ist ein, ein … ein interessantes Kind.

Ich finde viele Dinge interessant. Ein Buch von Updike, oder George W. Bush bei Günther Jauch oder die Frage, warum plötzlich alle in den Zeitungen mephistophelisch und kafkaesk schreiben statt teuflisch und unheimlich – das ist interessant, aber nicht ein Neugeborenes. Wahrscheinlich meinte die Nonne pummelig, verpennt, hässlich, grenzwertig, doch die Gute brachte es nicht über ihr andalusisches Herz, mich vor meiner Mutter so zu nennen. Ich möchte gar nicht wissen, wie mich eine Berliner Hebamme genannt hätte.

Vor einigen Wochen zeigte mir ein Kollege die Bilder seiner Tochter. Sie ist erst ein paar Monate alt. Die Kleine sah niedlich aus, hatte hübsche Augen von der Sorte, die in etwa fünfzehn Jahren die Jungs in ihrer Klasse verrückt machen werden.

Ich weiß, sagte er, dass viele Väter das sagen, aber jetzt mal ehrlich, ja? Jetzt mal ganz objektiv – ist sie nicht das schönste Baby der Welt?

Du, das habe ich auch gerade gedacht, sagte ich und fragte mich, ob das nicht zu dick aufgetragen war.

Aber nein, mein Kollege lächelte. Ich hatte vergessen, dass in dieser Phase der Intellekt der Väter deutlich unter dem ihrer Babys liegt.

Ich werde den Kollegen bald besuchen. Er wird mir seine Tochter zeigen, mir sagen, wie viel sie in den letzten Wochen zugenommen hat, und ich werde sie kurz halten dürfen, so wie die Männer auf den Postern. Wenn er uns dann einen Moment alleine lässt, werde ich die Kleine hochheben und mit ihr reden. Ich werde sagen: Du findest die Bilder schrecklich, ich weiß, aber er macht das aus Liebe. Er sagt, dass du das schönste Baby der Welt bist, und er meint es ernst, also sei lieb zu ihm. Und mach dir keine Gedanken wegen der Bilder. Ich habe auf meinen auch so einen Schrumpfkopf. Komm doch mal bei mir vorbei, dann zeig ich dir meine Babyaufnahmen. Glaub mir, es gibt schlimmere, viel schlimmere.

Einmal wie ein Pforzheimer Realschullehrer sein

Ich habe natürlich auch *Berlin–Moskau. Eine Reise zu Fuß* von Wolfgang Büscher gelesen, so wie alle das gerade machen, und so wie allen gefällt es auch mir. Aber ein bisschen komisch ist das Buch schon. Der Mann läuft 2500 Kilometer durch den Osten, einfach so. Wenn ich mit einigen Bekannten über das Buch rede, loben sie, wie Büscher die Landschaft beschreibt, wie gut er die Menschen einfängt. Ich weiß nicht, ich finde das ja auch, aber beim Lesen habe ich mich die ganze Zeit eigentlich nur eines gefragt, warum nimmt er nicht einfach den Bus?

Meine Bekannten sagen, dass man zu Fuß eben näher dran sei, an den Leuten, an der Weite, am Abenteuer. Überhaupt sei der Fußmarsch die wahre Art des Reisens, die einzig zulässige. Intensiv und authentisch. Ich habe darüber nachgedacht und bin zu dem Ergebnis gekommen, dass es mir egal ist, ob ich unauthentisch bin, ob ich ein oberflächliches, bräsiges Weichei bin, aber wenn ich Polen oder Russen kennen lernen möchte, dann lauf ich nicht zu denen, dann nehme ich den Bus.

Mein Problem mit dem Authentischen, mit dem Abenteuer, ist recht neu. Früher, während der Studienzeit, bin ich häufig zu diesen Dia-Vorträgen gegangen, in denen Menschen von ihren verrückten Reisen erzählten. Mit dem Motorrad durch Peru, mit der Ente in den Himalaya, zu Fuß durch den Kongo. Solche Reisen. Wahrscheinlich war es Zufall, aber die meisten Referenten, die ich erlebt habe, schwäbelten. Eine Weile dachte ich, dass der Prototyp des durchgeknallten Welt-Umrunders ein unrasierter Realschullehrer aus Pforzheim ist. Ich mochte diese Dia-Vorträge. Es waren kleine, billige Urlaube, ohne Stress, ohne Malaria-Prophylaxe und ohne die Angst, dass ein übel gelaunter Beduine einem die Kamera-Ausrüstung gegen drei Liter Kamelmilch eintauschen will.

Vor einigen Monaten hatte ich dann meine erste Erfahrung mit so etwas wie einem Abenteuer. Ich war mit einem Freund auf Teneriffa und las in meinem Reiseführer, dass der Teide, der höchste Berg Spaniens, ein tolles Ausflugsziel sei. Der Teide sei zwar ein reiner Wanderberg, aber durchaus eine Herausforderung, fast 4000 Meter hoch. Ein Abenteuer.

Ich sagte zu mir: Erst Teide, später Mont Blanc, noch später der erste Hanauer auf dem Everest. Ich erinnerte mich an die Dia-Vorträge und fühlte mich gut.

Wat is, Mann oder Manuela, fragte ich meinen Kumpel, doch der wollte anfangs nicht. Aber nachdem ich ihn vier Tage in Folge vor jedem Kellner mit den Worten ansprach, sag mal, Manuela, noch ein Radler für dich, gab er auf.

Klettern wir auf deinen Scheißberg, sagte er.

Wir haben fünf Stunden gebraucht. Es war heiß, mir taten die Waden weh, es war eine furchtbare Schinderei. Nach einer Weile wurden wir von einem deutschen Rentnerpaar eingeholt. Sie feuerten uns an und erzählten, dass der Teide wunderbar sei, weil man beim Anstieg so herrlich entspannen könne. Ich war völlig fertig und hätte die beiden Angeber gerne in eine Felsspalte geschubst. Als es danach aussah, dass sie uns die ganze Zeit über begleiten würden, fragte ich sie, wie man denn in einem deutschen Altersheim an Dopingmittel herankäme. Ich glaube, sie waren sauer, jedenfalls ließen sie uns stehen.

Irgendwann waren mein Freund und ich oben. Vom Gipfel des Teide aus kann man bei gutem Wetter Afrika sehen. Wir hatten schlechtes Wetter. Ich war unendlich müde. Ich vermisste das Hochgefühl, das Gipfelglück, die Endorphine, von denen sie in den Dia-Vorträgen redeten. Ich hatte nichts von alledem, nur Durst, Blasen und die Sehnsucht nach einem Bus.

Spanische Hochzeit

Eine spanische und eine deutsche Hochzeit haben nichts miteinander gemein, es sind zwei völlig unterschiedliche Dinge. Bei einer deutschen Hochzeit heiraten zwei Menschen, sie laden Verwandte und Freunde ein, man geht in die Kirche, der Brautvater hält eine Rede, es gibt ein Abendessen mit Vorspeise, Hauptgang und Dessert, der Bräutigam wird mit albernen Spielen lächerlich gemacht, und am Ende tanzt man ein wenig zur Musik der Band, falls eine engagiert wurde. Wenn man Glück hat, wollte das Paar keine Band, und der Vater der Braut verzichtet auf die Rede, beides verbessert die deutsche Hochzeit.

Eine spanische Hochzeit ist anders.

Wenn Spanier heiraten, dann ist Hochzeit das falsche Wort, das richtige heißt: Leistungsschau. Es beginnt bei den Gästen. Es werden nicht einige Verwandte oder Freunde eingeladen, nein, das Brautpaar wird versuchen, die Mehrheit der Menschen einzuladen, mit denen einer der beiden jemals in Kontakt war, und was wichtiger ist: Das Paar wird ohne Ausnahme jeden einladen, mit dem die Brauteltern je in Kontakt waren. Ich verstehe nicht, wie man glauben konnte, dass Spanien keine Olympischen Spiele oder Weltmeisterschaften organisiert bekommt. Ich kann nur für mich sprechen, aber verglichen mit den Hochzeiten in meinem Verwandtenkreis sind Olympische Spiele vom Aufwand her pupsige Fanta-Partys.

Ein Beispiel. Eine meiner Cousinen hat vor zwei Jahren ihren krummnasigen Freund geheiratet. Die beiden sind nett, etwas schlicht, aber nett. Sie reden wenig. Mein Bruder Paco meint, das sei besser so. In Deutschland hätte so ein Paar Schwierigkeiten, eine Hochzeitsgesellschaft zusammenzubekommen, die mehr Leute umfasst, als ein Mini-Van Sitzplätze hat. In Spanien nicht. Meine Cousine kam auf 400 Gäste. Es waren nur 400, weil es in der ganzen Provinz keinen Saal gab, der mehr Leute aufnehmen und runde Tische bieten konnte. Die Tische waren meiner Cousine wichtig. In diesem Punkt ist sie wie alle Frauen. Frauen, die heiraten, bestehen oft auf runden Tischen. Nicht quadratisch, nicht oval, kein Pentagramm, nein, rund. Ich kannte solche Sitzordnungen nur aus Filmen. Wenn der Präsident in einem amerikanischen Film erschossen wird, dann meist während einer Rede vor einer Festgesellschaft, die an runden Tischen sitzt. Vielleicht wollen uns die Frauen damit unterbewusst etwas mitteilen, ich weiß es nicht.

Meine Cousine bekam ihre Tische, und sie bestand ihre Hochzeit, denn nichts anderes ist eine spanische Hochzeit – ein Test. Ich glaube, dass Deutsche keine Vorstellung haben, was es bedeutet, 400 Südspanier einzuladen. Es gibt nur wenig auf der Welt, was herzlicher ist, sie himmeln das Brautpaar an, jubeln, klatschen, brüllen über Stunden »*Que se besen, que se besen*«, was bedeutet, dass sich das Paar küssen soll, und sind beim Geschenk sehr undeutsch, also sehr großzügig. Man kann aber sehr schnell alles kaputtmachen. Es muss nur zu wenig Essen da sein. Zu wenig Essen bedeutet nicht, dass man nicht satt wird. Natürlich werden alle satt, darum geht es nicht. Es geht darum, dass bei einer vernünftigen Hochzeit das meiste Essen unberührt in die Küche zurückzugehen hat. Ich war auf vielen spanischen Hochzeiten, und ich habe noch nie erlebt, dass das Essen weniger als sechs Gänge hatte, und noch nie, dass die Leute nicht spätestens nach dem dritten Gang satt waren. Den Kellnern war das egal. Sie brachten stur die Teller und dachten an die Worte des erfahrenen Chefs: Das Gegenteil von Fasten heißt nicht Essen, sondern Hochzeit.

Im August bin ich wieder eingeladen. Ich freue mich drauf.

Ich und Bobby McGee

Ich habe vor ungefähr zwölf Jahren angefangen, Gitarre zu spielen, weil Karl *When I'm 64* von den Beatles konnte, die Beatles Linas Lieblingsband waren und ich wie ein Idiot dastand, als ein popeliges *Hey, Jude* alles hätte retten können. Karl war in meiner Klasse, Lina in meinem Herzen, er spielte Harrisons *Here comes the sun* und schaute Lina dabei in die Augen, ich kriegte beim Mitklatschen nicht mal den Wechsel auf den 5/4-Takt am Ende des Stückes hin.

Es hatte gut angefangen. Wir waren mit dem Geschichtskurs übers Wochenende in eine Jugendherberge gefahren, nicht weit von der Schule. Konzentriertes Arbeiten, hatte der Lehrer gesagt. Wir sollten die Projektwoche vorbereiten und uns schon vor der Fahrt ein paar Gedanken machen, sagte er. Soweit ich mich erinnern kann, waren die einzigen Gedanken, die wir uns machten, wer wie viel Bier kaufen sollte. Ich weiß nicht mehr, worüber der Lehrer damals mit uns sprach, aber ich weiß, dass es das Wochenende war, an dem ich lernte, wie man mit einem Feuerzeug eine Bierflasche aufmacht. Vor allem aber lernte ich etwas über die Macht der Musik, über die Kraft, die eine kleine, verstimmte Gitarre entfalten kann.

Karl war am Samstagnachmittag verschwunden. Zur Probe, hatte er gesagt. Er sang in einer Band und verdiente ganz gut. Seine Gruppe wurde gern gebucht, weil sie nie versucht hatten, eigene Sachen zu spielen, und sich das rumgesprochen hatte. Ich war einmal auf einem Konzert von Karl. Sie spielten erst *Jupp* von BAP, danach *Paint it Black* von den

Stones und dann einiges von Bob Dylan. Ich blieb nicht lange. Ich kann nicht genau sagen, warum, aber ich finde, dass Bands nicht in Zelten spielen sollten.

Nach dem Abendessen saßen wir alle in dem Aufenthaltsraum der Jugendherberge. Es gab keine Fernseher, und einige Jungs beschwerten sich, weil man keine Sportschau gucken konnte. Ich sagte nichts, obwohl ich auch gerne gewusst hätte, wie die Eintracht gespielt hatte, aber ich dachte mir, dass Linda keine Jungs mögen würde, die Fußball schauen.

Ist doch echt scheißegal, wie es ausgeht, wenn 22 Proleten gegen einen Lederball treten, es gibt echt Wichtigeres, sagte ich. Natürlich schauten mich die anderen wie einen Verräter an, aber Lina meinte, dass sie das auch fände, und nur das zählte. Später unterhielten wir uns über die Schule und über das, was später sein würde. Ich sagte, dass ich es noch nicht genau wisse, aber dass ich gern im Ausland leben würde, Afrika vielleicht – eine Fußball-Liga gründen. Lina lachte, und ich war froh, dass sie den Witz verstanden hatte.

Karl kam um neun. Er sah nicht gut aus, aber auch nicht schlecht, blonde, vorne kurze, hinten lange Haare, für heutige Verhältnisse hinten zu lang, aber damals genau richtig. Der Angeber trug ein Schweißband. Ich hätte etwas ahnen müssen, als er mit seiner Klampfe im Raum stand. Karl sagte immer Klampfe, nie Gitarre. Er wolle sie nicht im Auto lassen, weil es im Leben ein paar Dinge gebe, auf die man aufpassen müsse, sein Mädchen und seine Klampfe.

Es war Lina, die fragte, ob er nicht etwas spielen wolle. Alle hielten das für eine gute Idee, sogar unser Lehrer, von dem ich gehofft hatte, dass er es wegen der Lautstärke verbieten würde. Aber nein, singen, das sei doch schön, sagte er.

Dann ging alles sehr schnell. Karl zog seine Show ab, Lina verliebte sich bei *Me and Bobby McGee*, vor zwei Jahren heirateten sie, vor ein paar Wochen haben sie ein Kind bekommen – und ich überlege jetzt, ob ich *Let me entertain you* von Robbie Williams lernen sollte.

Coldplay ist eine Band aus England

Einer meiner besten Freunde lebt inzwischen in Amerika an der Ostküste, nicht weit von Boston. Er unterrichtet Mathematik an einer Universität. Paul ist ein wunderbarer Mensch und für einen Mathematiker recht normal. Er kleidet sich vernünftig, schläft mit Frauen, hört nicht nur Bach, ich glaube sogar, dass er den Namen Coldplay schon mal gehört hat.

Mathematiker mögen es nicht, wenn man sie als weltfremde, verdatterte Wissenschaftler beschreibt, denen Essensreste am Mundwinkel hängen, während sie in einem kleinen Institutsbüro für Mathematische Logik sitzen und konzentriert über ein Problem nachdenken, das außer ihnen noch vier andere Menschen auf der Welt verstehen. Ich kann das nachvollziehen. Mich würde das auch ärgern. Bei den Mathematikern, die ich kenne – es sind vielleicht zwanzig –, habe ich noch nie Essensreste am Mund gesehen. Das könnte ich beschwören, aber dass alle Coldplay kennen, darauf würde ich nicht wetten.

In meiner Studienzeit war Paul mein bester Freund. Wir wohnten zusammen. Er studierte nicht nur Mathe, sondern zusätzlich noch Volkswirtschaft. Ich studierte nur Volkswirtschaft. Es gab nur wenige Dinge, die ich absurder gefunden hätte, als noch etwas nebenher zu studieren. Wir haben ein einziges Mal gemeinsam für eine Prüfung gelernt. Nur ein Mal.

Paul und ich saßen im gleichen Zimmer, jeder an einem Schreibtisch. Er hatte fast nichts auf dem Tisch, nur ein Buch, etwas Papier und einen Stift. Er beugte sich über das Buch und las. Ab und zu notierte er etwas, ansonsten hielt er den Mund.

Ich hatte nie nur ein Buch, ich hatte mindestens zehn. Außerdem brauchte ich bunte Marker, Ordner, selbstklebende Notizzettel, Karteikarten und weißes Papier in verschiedenen Größen. Vorher hätte ich nicht angefangen. Zuerst las ich das Vorwort. Ich liebte es, das Vorwort zu lesen.

Es ist toll zu sehen, wie Professoren, die Bücher schreiben, es schaffen, einen zu überzeugen, warum etwas, das zum Beispiel »Einfluss des geldpolitischen Regimes auf die staatlichen Zinskosten in einer Cash-in-advance-Ökonomie« heißt, total wichtig ist. Besonders freute ich mich aber auf die Namenskolonnen am Ende des Textes. Der Autor dankte den Mitarbeitern, den Kollegen, den Studenten, der Sekretärin, den Leuten vom Verlag, manchmal auch der Ehefrau. Ich las die Namen und stellte mir Gesichter dazu vor. Klaus-Dieter Hensch, Steve Markel, Malta Kano, Richard Elliot. Nach dem zweiten Vorwort war ich müde und legte mich mit dem dritten Buch auf die Couch. Das vierte las ich in der Küche, das fünfte im Bett. Mehr als sechs Vorworte am Stück habe ich nie geschafft.

In den folgenden Tagen lief es so, dass ich ständig zwischen den einzelnen Lehrbüchern hin- und herwechselte. Ich arbeitete im Sitzen, im Liegen, manchmal im Wohnzimmer, in der Küche, auf dem Balkon oder in meinem Bett. Paul saß immer nur mit dem einen Buch am Tisch und las. Er war völlig ruhig, bewegte sich kaum. Während sein Lernen etwas von der Erhabenheit alter britischer Lesesäle hatte, sah mein Arbeitsstil aus wie ein epileptischer Anfall.

Natürlich machte Paul die Prüfung mit sehr gut und ich mit ausreichend. Er war in Ordnung. Als der liebe Gott uns beide vor unserer Geburt in eines seiner großen Himmels-

Klassenzimmer holte, um die Intelligenz zu verteilen, saß Paul einfach ruhig da und hörte zu. Ich lief vermutlich umher und besorgte bunte Kreide. So muss das gewesen sein.

Heute sind Paul und ich sehr gute Freunde. Er behält für sich, dass ich ein wenig dämlich bin, und ich verrate ihm dafür, dass Coldplay eine Band aus England ist.

Klassenbewusstsein

Ich bin zum ersten Mal Business-Klasse geflogen und habe etwas gelernt: Ich bin ein Economy-Typ. Es fing damit an, dass ich an den Frankfurter Flughafen kam und falsch angezogen war. Ich trug Jeans, ein T-Shirt und eine Lederjacke. Wenn man in solchen Klamotten einen Langstreckenflug vor sich hat, fliegt man Economy oder erste Klasse, aber nicht Business. Auch wurde mir klar, was der Unterschied zwischen rasiert und unrasiert an einem Schalter ausmachen kann.

Gut, ich sah aus wie ein Mudschaheddin. Ich rasiere mich nicht gern, was wahrscheinlich damit zu tun hat, dass ich kein Deutscher bin. Deutsche Männer lieben es, sich zu rasieren. Sie freuen sich schon am Abend darauf, es am Morgen wieder machen zu dürfen. Sie kaufen sich Rasierapparate mit Sensor- und Neigetechnik, ohne Dachshaar-Pinsel wären sie verloren. Für sie ist der Werbeslogan »Für das Beste im Mahann!« erfunden worden. Manchmal frage ich mich, was sie mit »Das Beste im Mahann« meinen. Die Barthaare? Warum kommen sie dann ab?

Ich schlafe morgens gerne lange und sehe dann eben den Tag über aus wie ein Afghane.

Ich gab der Frau am Schalter mein Ticket. Sie schaute das Ticket an, dann meinen Bart, dann schaute sie verwundert und sagte auf Englisch und Hessisch: *Is des your Ticket?*

Ja, sagte ich auf Deutsch.

Sie stehen in der falschen Schlange.

Tut mir Leid, kann ich hier trotzdem einchecken?

Ja, das geht, Herr, Herr ... Ist das Ihr Koffer?

Ich wusste nicht, was mich mehr störte: dass sie die drei Silben meines Nachnamens nicht hinbekam oder dass sie mir wieder unterstellte, etwas dabeizuhaben, das mir nicht gehörte.

Ja, Koffer und Ticket gehören mir, sagte ich.

Die Frau machte ein kleines Schildchen an den Griff. Darauf stand »Business« und fett darunter »Priority«. Meine Unterwäsche hatte jetzt Priorität.

Mit diesem Zettel können Sie in die Business-Lounge, sagte sie, da müssen Sie nicht mit den anderen warten, und es gibt kostenlose Getränke, Herr, Herr...

Es gibt Menschen, die freundliche Dinge sagen und einen dabei beleidigen. Ich hätte gern gesagt: Ich weiß, was eine Business-Lounge ist, du dumme Nuss. Außerdem habe ich nichts gegen Economy, das ist eine Klasse, keine Krankheit, und eure blöde Cola könnt ihr behalten. Ich sagte aber nur: Danke sehr.

Ich ging durch die Sicherheitskontrollen und suchte die Lounge. Das war nicht leicht. Ich traute mich nicht, jemanden vom Flughafenpersonal zu fragen. Es war mir peinlich. Entschuldigen Sie, ich weiß, Sie können es sich nicht leisten, aber ich schon. Also, könnten Sie Plebejer mir sagen, wo die Business-Lounge ist? Nein, das ging nicht. Wenn mich irgendein unrasierter Snob fragen würde, wo seine Lounge ist, während ich den Boden fege, würde ich es ihm auch nicht sagen.

Ich suchte über eine Dreiviertelstunde, fand sie aber nicht. Ich hätte gerne drei Cola getrunken, den *Spiegel* und den *Stern* zerknüllt, einen Apfel und ein Sandwich angebissen und dann noch eine Porno-Seite im kostenlosen Internetzugang aufgemacht. Ich hätte gerne Umstände gemacht, Kosten verursacht. Aber ich fand die Lounge nicht und hätte fast den Flug deswegen verpasst.

Ich hätte einfach eine Automaten-Cola ziehen, meine *SZ* von zu Hause lesen und mich neben eine plärrende Kleinfamilie in den Warteraum setzen sollen. Ich bin ein Economy-Typ.

Weisheiten einer C-Kraft

Vor ein paar Tagen habe ich im Fernsehen meinen alten Volkswirtschafts-Professor gesehen. Er sah aus wie immer. Strenger Blick, dicke Brille, ernstes Gesicht. Mein Professor war als Experte in eine Talk-Sendung eingeladen worden. Er ist so eine Art C-Klasse-Experte. Ich habe ihn erst zwei-, dreimal im Fernsehen gesehen. Im Radio ist er häufiger zu hören. Roland Berger, Jürgen Falter und Hans-Olaf Henkel sind A-Klasse-Experten, ihnen kann man gar nicht entkommen. Wenn sich Berger eine neue Krawatte kaufen oder Falter sich diese wilden Haare schneiden würde, es würde mir sicher auffallen. Mein alter Professor ist aber eindeutig C-Klasse. Redet viel, weiß viel, kennt kein Mensch – ein typischer Phoenix-Gast.

Es war eine dieser Sendungen, in denen man als Zuschauer anrufen kann. Der Moderator unterhält sich erst eine Weile mit den eingeladenen Gästen, sagt irgendwann, so, meine lieben Zuschauer vor dem Bildschirm, nun können Sie im Studio anrufen, und drei Sekunden später ist jemand aus dem Badischen in der Leitung, der wie ein Verrückter losbrabbelt. Ich finde, man sollte solche Sendungen verbieten. Fernsehzuschauer stellen keine klugen Fragen. Diese Sendungen gibt es nur, weil sie den Redakteuren keine Arbeit machen. Eine Leitung, ein Praktikant, der die Anrufe entgegennimmt – und fertig. Die Menschen, die sich beteiligen, möchten nichts von den Studiogästen wissen. Sie möchten ihre Meinung sagen. Am liebsten im Fernsehen. Ich habe das eine Weile verfolgt. Es melden sich mehr Männer als Frauen, mehr Wessis als Ossis, mehr Lehrer als andere Berufe. Alles Menschen, denen der Moderator irgendwann sagen muss, kommen Sie jetzt bitte zu Ihrer Frage.

In der Sendung, in der mein Professor war, rief ein Herr an, der erst seine Meinung zu Schröder und Stoiber darlegte (beide Verbrecher) und schließlich fragte, was man denn nun tun könne für die Wirtschaft, überhaupt für Deutschland.

Meinem Professor gefiel die Frage. Er nickte verständnisvoll, machte ein trauriges Gesicht und sagte dann das, was alle sagen. Man müsse länger arbeiten, man müsse den Kündigungsschutz lockern, den Krankenstand und die Lohnkosten reduzieren. Man brauche mehr Konkurrenz, weniger Hartz IV, mehr Wettbewerb, weniger Hängematte und die Rente mit 70. Das schreiben alle Wirtschaftsredakteure seit langem in ihren Texten – außer in der Zeit, in der es zu Massenentlassungen bei den Zeitungen kam, da wurden die Artikel zur Lockerung des Kündigungsschutzes irgendwie weniger.

Ich musste an zwei Dinge denken, während ich meinem Professor zuhörte. Daran, wie es früher mit ihm an der Uni gewesen war, und an das, was mit meinem Vater gerade passiert. Der gleiche Professor, der gerade weniger Krankenstand und mehr Wettbewerb forderte, hatte eine unkündbare Beamtenstelle und hatte in meinem Semester über die Hälfte der Vorlesungen wegen, wie er es nannte, »gesundheitlicher Unpässlichkeit« ausfallen lassen. Meinem Vater, der seit 30 Jahren in einer Reifenfabrik an einem Brennofen steht, wurde vor einiger Zeit die Frühpensionierung verweigert, weil er sich in den letzten 30 Jahren nur zweimal krank gemeldet hatte und es die Firma nicht einsieht, einen so guten, älteren Mitarbeiter in den Vorruhestand zu entlassen und dafür vielleicht einen jungen, aber stinkfaulen einzustellen. Ganz gleich, wie sehr der Rücken meines Vaters schmerzt.

Es war das erste Mal, dass ich bei so einer Sendung anrief. Ich hatte keine Frage. Ich wollte nur meine Meinung sagen.

Verkehrs-Anthropologie

In manchen Dingen bin ich wie Heiner Geißler. Er hat mal gesagt, dass er sich beim Autofahren verändert. Aus dem moderaten, besonnenen Geißler wird im Auto eine hupende, keifende Landplage. Mir geht es da ähnlich. Autofahren verändert mich. Außen bin ich Heiner Geißler, innen Roland Koch. Ich weiß nicht, wie das kommt. Es passiert einfach. Ich steige in den Wagen, starte, und plötzlich habe ich das Gefühl, dass ich nicht mehr von Menschen umgeben bin, sondern von Halbaffen, denen irgendjemand erlaubt hat, Auto zu fahren. Ich würde es sehr gern abstellen, aber es geht nicht.

Manchmal frage ich mich, ob Marx und Engels einen Führerschein gehabt haben, vermutlich nicht, sie wären sonst nie auf den Gedanken gekommen, dass das mit dem Kommunismus funktionieren könnte. Man kann sich jahrelang mit politischer Anthropologie beschäftigen oder sich zehn Minuten an eine Straßenkreuzung stellen, an der ich vorbeifahre – in beiden Fällen wird man erkennen müssen, dass der Mensch böse ist.

Das einzige Land, in dem die Menschen wie Erwachsene Auto fahren, ist Italien.

Ich bin vor einiger Zeit mit einem Freund durch Bologna gefahren. Wir unterhielten uns über die vielen Türme in der Stadt. Marco erzählte mir, warum es so viele davon gibt. Früher, sagte er, sei ein hoher Turm ein Zeichen von Macht gewesen. Die mächtigste Familie hatte den höchsten Turm. Mit der Zeit entwickelte sich eine Art Wettkampf. Irgendwann gab es sehr viele Türme in Bologna.

Ich wollte Marco gerade antworten, dass ich diese phallusfixierte Testosteron-Architektur albern fände, als uns ein kleiner Corsa die Vorfahrt nahm. Er bog, ohne zu blinken, in unsere Straße. Marco bremste stark, und mein Gurt spannte sich. Der Mann vor uns drehte sich nicht um, er fuhr einfach weiter. Ich spürte, wie Wut in mir aufstieg.

Marco schaute mich an und redete weiter, so als sei nichts passiert. Es gäbe eine Stelle in der Stadt, da würden zwei Türme nebeneinander stehen, ein hoher gerader und ein kleiner schiefer. Zwei Männer hätten damals um die Hand einer Frau angehalten. Man einigte sich darauf, dass der Mann, der den höheren Turm bauen ließ, die Frau bekommen sollte. Leider hatte einer der beiden Pech und baute auf weichem Baugrund. Er musste auf halber Höhe aufgeben und hinterließ der Stadt einen kleinen, schiefen Turm. Ich hörte Marco zu, dachte aber noch immer an den Beinahe-Unfall.

An einer Ampel, etwa fünf Minuten später, hielt Marco an. Er drehte das Fenster runter und fing plötzlich an, das Auto neben uns zu beschimpfen. Es war der Corsa. Als Deutscher hat man keine Vorstellung, wie sehr man jemanden verfluchen kann. Die deutsche Sprache ist, was Beschimpfungen angeht, lächerlich arm, die italienische nicht. Marco beleidigte nicht nur den Fahrstil, das Aussehen und den Wagen des Mannes, er verfluchte auch alle seine Familienangehörigen. Bemerkenswert fand ich, was Marco auf dem Grab der, wie er sagte, hoffentlich verstorbenen Großmutter des Corsa-Fahrers tun wollte. Anschließend gab Marco wieder Gas, redete über die Türme und verlor nie wieder ein Wort über den Vorfall.

Ich bewunderte ihn. Der andere hatte Mist gebaut, dafür hatte Marco ihm die Pest an den Hals gewünscht. Nun konnten beide entspannt weiterfahren und die Sache vergessen. Ich hätte mich noch drei Tage darüber aufgeregt. Ich bin zu souveränem Verhalten im Straßenverkehr einfach nicht fähig.

Wir und die Araber

Vor einiger Zeit habe ich während eines Urlaubs *Pretty Woman* auf Arabisch gesehen und kann nun recht gut nachvollziehen, warum viele Araber uns aus dem Westen nicht ernst nehmen. In dem Film spielt Richard Gere einen gut aussehenden Industriellen, eine Art Ross Perot im Körper von Markus Schenkenberg. Der nette Großkapitalist verliebt sich in die schlagfertige Julia Roberts, bei der eigentlich nie klar wird, warum sie als Prostituierte auf dem Sunset Strip arbeitet.

Ich spreche zwar kein Arabisch und weiß nicht, was die Synchronsprecher sagten, um die Zusammenhänge zu erklären, aber da ich den Film mit meiner damaligen Freundin sehr oft gesehen habe, kenne ich ihn. Es ist mir ein Rätsel, wie jemand, der nur die arabische Fassung kennt, nachvollziehen soll, warum sich Richard Gere in Julia Roberts verliebt. Die beiden schauen sich kaum an, reden kaum miteinander, berühren sich nicht und machen es – anders als im Original – nicht auf dem Steinway des Hotelrestaurants.

Der Zuschauer sieht einen reichen Mann, dessen Auto irgendwann stehen bleibt. Julia Roberts nähert sich. Schnitt. Am nächsten Morgen läuft Julia Roberts auf dem Rodeo Drive herum und geht mit der Kreditkarte des reichen Mannes einkaufen, Schnitt. Beide sitzen in der Oper, zu der sie mit einem Privatjet fliegen. Julia Roberts weint. Schnitt. Richard Gere fährt mit einer Limousine zu Julia Roberts und fragt, ob sie ihn heiratet. Sie sagt ja. Musik, Abspann.

Die Araber müssen glauben, wir spinnen.

Ich musste nach dem Film an meinen Vater denken, der mir mal erzählte, dass er eine vom Franco-Regime zensierte Fassung von *Casablanca* gesehen hat, in der Ingrid Bergman und Humphrey Bogart kein Liebespaar sind, sondern Bruder und Schwester. Ich finde *Casablanca* schon im Original verwirrend, wie das Ganze aber funktionieren soll, wenn die beiden Geschwister sind, ist mir völlig unklar. Ich fragte ihn, wie die Zensur das mit dem ungarischen Freiheitskämpfer gemacht habe. Bergman ist in dem Film mit einem Freiheitskämpfer verheiratet und hin- und hergerissen zwischen ihm und Bogart. Mein Vater schaute mich an und fragte: Was für ein Freiheitskämpfer?

Einige Tage, nachdem ich *Pretty Woman* auf Arabisch gesehen hatte, dachte ich noch immer darüber nach. Diese Araber sind so prüde, dass sie alles rausgeschnitten hatten, was irgendwie unschicklich sein könnte. Ähnlich wie früher in England. Dort mussten Tischdecken lang sein, weil Tischbeine als anstößig galten. Ich habe mich immer gefragt, wie sexuell degeneriert man sein muss, damit einen Tischbeine anmachen.

Wieder daheim in Berlin, machte ich den Fernseher an. Auf Vox lief ein Beitrag über drei Frauen. Sie lagen nackt auf einer Gemüseauslage. Die eine erzählte, dass sie sich kurz vor dem Interview zwei Bananen eingeführt habe, die zweite, dass sie es gleich mit einer Gurke versuchen werde, und die dritte, die bald in Großaufnahme zu sehen war, stöhnte wie von Sinnen.

Ich schaute mir das an, dachte an *Pretty Woman* und fragte mich: Wie können wir es wagen, uns über Araber lustig zu machen?

Die Party eines Zweijährigen

Manchmal frage ich mich, was aus dem schönen Wort Party geworden ist. Früher hatte es etwas Mystisches, etwas Verheißungsvolles, wenn jemand sagte, du, am Wochenende mache ich eine Party. Das hatte eine Bedeutung. Dieser Satz war ein Glücksversprechen. Es würde nicht genug zu trinken geben, die Anlage würde irgendwann kaputtgehen, und mehr als Blues-Tanzen und ein wenig Fummeln würde nicht drin sein – dennoch, man freute sich darauf, auf die Erdnuss-Flips, auf das Blues-Tanzen, auf den Partykeller. Es war wunderbar.

Ich vermisse diese Zeit, sogar diese Keller. Diese Räume, die alle ein wenig wie Swingerclubs aussahen, die Polstergarnituren aus braunem Cord, die Paneele aus Eichenimitat, die Konzertposter von Slade und die Diskokugel, die sich noch nie gedreht hatte. Ein Ort der Hoffnung. Man würde ein Mädchen küssen, und falls nicht, würde man wenigstens Bier trinken und rauchen und sich und seinen Kumpels einreden, dass es nichts Besseres gibt als Bier zu trinken und Zigaretten zu rauchen. Glaub mir, Kippen und Bier sind besser als die Weiber, würde man sagen, und alle würden nicken, und man käme sich vor wie der erwachsenste 13-Jährige Deutschlands. Das Wort Party hatte eine Bedeutung.

Das ist anders geworden. Letzte Woche bekam ich einen Brief, der mir das sehr klar gemacht hat. Ich bekam einen Brief, in dem stand: Hallo mein Bester, hiermit lade ich dich zu meinem Geburtstag ein. Die Party beginnt am Sonntag um 14 Uhr. Unterschrieben war er mit dem Namen des zweijährigen Sohnes eines befreundeten Pärchens.

Mich hatte ein Kleinkind zu einer Party eingeladen. Ich weiß, dass Menschen, die Kinder bekommen, sich verändern. Plötzlich kaufen sie sich Autos, in deren Kofferraum eine Elchkuh passt, sie sagen Sätze, in denen Dinge wie Muttermund, Blasensprung und Warzenhof vorkommen. Und sie rufen nicht mehr an. Das ist in Ordnung. Wahrscheinlich werde ich genauso sein. Auch ich werde meine alten Single-Freunde einladen, und auch ich werde nicht wissen, ob deshalb, weil ich sie mag oder weil sonst ein Stuhl am Geburtstagstisch unbesetzt bleibt, was sich auf den Fotos schlecht macht. Dennoch glaube ich nicht, dass ich dem Wort Party mit mehr Ehrfurcht begegnen werde.

Kinder haben auf einer Party nichts zu suchen. Für die meisten Dinge gibt es Regeln, so auch für Partys. Früher vermieden es kluge Eltern, während einer Party in den Partykeller zu kommen. Zu meiner Zeit gab es zwar wenige kluge Eltern, darum musste man mehrmals am Abend die Kippen wegwerfen, das Bier verstecken und die Hand aus der Bluse der Gastgeberin nehmen. Aber das muss nicht bedeuten, dass unsere Generation die gleichen Fehler machen muss.

Mir ist es egal, was Eltern mit ihren Kindern machen, wenn sie mich zu einer Party einladen. Sollen sie Michael Schanze anrufen, ist mir recht. Ich verlange einfach, dass man bestimmten Traditionen Respekt entgegenbringt. Ich möchte die Hoffnung nicht verlieren, dass ich von einer Party zurückkomme, nach Bier, nach Rauch und nach Frauenparfum rieche – und nicht nach gebratenen Fischstäbchen. Oder anders formuliert: Ich möchte nicht alt werden, nicht jetzt.

Krankenkassenglossen

Manchmal schreibt mir meine Krankenkasse. Es gibt zwei Arten von Briefen. Die einen sind sehr lang. In denen erklärt mir der Chef meiner Kasse, wie sehr er und seine Mitarbeiter versucht haben, meine Beiträge nicht zu erhöhen, und wie sehr es ihnen Leid tut, dass die Knallchargen in der Regierung genau das verhindert haben. Aber man werde nicht aufgeben, sobald es möglich sei, werde er meine Beiträge senken. Versprochen.

Die anderen Briefe sind kürzer. Darin steht: Anbei liegt unser neues Mitgliedermagazin. Viel Vergnügen beim Lesen. Mit freundlichen Grüßen, Ihre Krankenkasse.

Ich freue mich auf dieses Magazin. Sehr sogar. Ich liebe es.

Im vorletzten Heft war ein Artikel, in dem eine Autorin empfahl, sich unbedingt mal den Darm spiegeln zu lassen. Ich weiß, dass man über solche Dinge keine Witze macht, dass der Darm eine ernste Sache ist, man sollte wie ein Erwachsener damit umgehen, aber das ist nicht ganz leicht, wenn in diesem Zusammenhang der Satz fällt: »Auch für Sie wird diese regelmäßige Vorsorge zum Genuss werden.«

Vor ein paar Tagen kam endlich das neue Heft. Ich nahm es aus dem Briefkasten, drückte es an mich, so wie ich manchmal meine kleine Nichte an mich drücke, und schloss für einen Augenblick die Augen. Ich wusste, dass mir diese Seiten den Tag verschönern würden. Ich ging zurück in meine Wohnung, machte mir einen Kaffee und legte das Magazin auf den Tisch. Es glänzte in der Sonne.

Auf einer der ersten Seiten schrieb ein Urologe aus Wiesbaden über Prostatakrebs. Eine Untersuchung habe ergeben, dass sich Männer lieber um ihr Auto als um ihre Prostata kümmerten. Er nannte das verantwortungslos und klang erbost. Ich hätte ihm gern gesagt, dass er sicher Recht habe, dass er das aber verstehen müsse. Auch für mich gibt es wichtigere Sachen. Spiele mit Eintracht Frankfurt, Filme mit Keira Knightley, mein Hüftspeck. Ehrlich gesagt hoffe ich sogar, dass mir solche Dinge immer wichtiger als meine Prostata sein werden. Ich las weiter die Brandrede des Urologen, der seinen Text mit den Worten beendete: Krebsfrei zu sein befreit ungemein!

Es reimte sich, und ich überlegte eine Weile, wie dieser dichtende Urologe wohl einem Patienten einen Krebsbefund mitteilte. Eine solche Nachricht in einen Vers zu packen stelle ich mir nicht einfach vor. Mir fiel nur Unfug ein, Dinge wie: Da hilft kein Pusten, nicht festes Blasen, du, mein Freund, hast Metastasen.

Einige Seiten weiter entdeckte ich das Bild einer scharfen Blondine. Sie lag im Bett, lächelte, hatte diesen Lebe-wild-und-gefährlich-Blick. Ihr Busen spannte das Nachthemd ein wenig. Der Artikel hieß: Fakten zur Gesundheitsreform. Er war in kleinere Absätze unterteilt, in denen die Neuerungen der Gesundheitsreform erklärt wurden. In der Mitte, zum Auflockern, die Blondine. Ich schaute auf den Text direkt unter ihr. Dort stand: Thema Sterbegeld: Zum 1.1.2004 wird die Zahlung von Sterbegeld ersatzlos gestrichen. Das nächste Schlagwort, rechts von der Blondine, war: Sterilisation – diese muss als Mittel der Familienplanung privat finanziert werden. Danach las ich den Text über der Blondine. Darin ging es um künstliche Befruchtung, was so ziemlich das Letzte war, an das ich bei dem Nachthemd gedacht hätte.

Irgendwann wischte ich mir einige Tränen aus den Augen, legte das Heft weg und hatte das schöne Gefühl, dass meine Krankenkasse jeden Cent meiner Beiträge vernünftig ausgibt.

Feliz Navidad

Weihnachten ging dieses Jahr so: Mein Bruder Paco spielte Gitarre, mein Bruder Jaime versuchte, mit seiner kleinen Tochter im Arm, dazu zu tanzen. Sie heißt Lara, ist ein halbes Jahr alt, schläft viel und fand es meiner Meinung nach dämlich, von einem stolzen Vater zu Simon & Garfunkel gewippt zu werden. Sie machte ein Gesicht, als wolle sie sagen, pass auf Knackwurst, dieser Astralkörper groovt zu Pink und zu älteren Stücken der Stones, dein blödes *Cecilia* kannst du dir in die Haare schmieren. So hat Lara geguckt.

Ich las Zaimoglus Briefroman *Liebesmale, scharlachrot* und fragte mich, ob ich auch Freunde habe, die ich mit der Anrede »Hochverehrter Kumpel, mein lieber Hakan, Sammler der heiligen Vorhäute Christi« oder »Lieber Motzsaurier und Bruder im Orden der letzten Spermafäden« anschreiben könnte. Mein Vater schnaufte die meiste Zeit und regte sich über die spanischen Handwerker auf, die bei seinem letzten Besuch im Sommer versprochen hatten, unsere Wohnung bis spätestens September gestrichen zu haben, was sie – leicht verspätet – ja auch erledigt hatten. Am 21., 22. und 23. Dezember waren drei ältere Herren in unser Haus gekommen, denen ich jeden Beruf der Welt abgenommen hätte – außer den des gelernten Malermeisters. Mein Vater erklärte ihnen, wie man Farbe abtönt, wie man Fensterrahmen vorbehandelt und konnte sie irgendwann sogar davon überzeugen, dass Polstermöbel mit Folie abzudecken sehr sinnvoll sein kann, wenn man vorhat, die Decke zu streichen. In drei Tagen schafften sie zwei Räume, eine Veranda und vier Fenster, darunter auch das im Wohnzimmer, was erklärte, warum unsere Heilige Nacht nicht nach Lebkuchen, sondern nach Lösungsmittel roch. Mein Bruder Paco sah das jedoch gelassen und meinte, dass die Lösungsmitteldämpfe wenigstens dafür sorgen würden, dass meine Mutter, die keinen Alkohol verträgt, diesmal auch ohne ihr Gläschen Baileys strack wie zehn Matrosen sein würde.

Meinem Opa ging es nicht so gut dieses Jahr, weil er sich gerade das Rauchen abgewöhnte. Der Arzt hat ihm gesagt, dass es in Ordnung ist, wenn er sich in der ersten Zeit als Ausgleich für das fehlende Nikotin etwas mehr Schokolade genehmigt. Er isst jetzt eine Tafel Bitterschokolade zu der Packung Filterlose, die er jeden Tag raucht.

Meine Oma kochte. Natürlich keine Gans, das hat keine Tradition in unserer Familie, denn das würde bedeuten, dass man eine Gans kauft, sie ausstopft und dann in den Ofen stellt. Das wäre zu einfach, das hieße, dass meine Oma sich keine Mühe gibt, dass sie faul ist, dass sie ihre Familie nicht liebt. Meine Oma liebt aber ihre Familie. Sie mag keine Gans servieren, dafür macht diese wunderbare Frau jedoch den Rest des Bauernhofs platt. Schweinefleisch, Rindfleisch, Hühnerfleisch, Lammfleisch, Kalbfleisch, Ziegenfleisch, es gibt alles, gebraten, gekocht, gegrillt, eingelegt. Kein Witz. Und weil wir Spanier sind und es bei Spaniern zu Weihnachten immer Meeresgeschnurbse gibt, kochte sie zudem noch Scampis, Krabben, Garnelen, Muscheln, Pulpo, Calamares, Krebse und was sonst noch bei *Findet Nemo* eine Rolle spielte. Zu Weihnachten hat in unserer Familie wirklich nur eines Tradition: Fressen. Wir sind die Gulo gulos, die Vielfraße unter den Familien, und wenn der World Wildlife Fund wüsste, was wir in drei Tagen weghauen, gäbe es gegen uns Demonstrationen, an deren Spitze Christian Ströbele marschieren würde. Aber davon weiß niemand, und darum war Weihnachten dieses Jahr okay.

Oma und der Playboy

Es gibt peinliche Momente, sehr peinliche Momente, und es gibt das, was mir vor einigen Tagen passiert ist. Die Geschichte begann vor etwa einem Monat mit einer E-Mail, einer kleinen E-Mail, die mir Germanwings geschickt hatte: Buchen Sie in der Nikolausnacht zum Schnäppchen-Preis. Zum Beispiel von Köln nach Madrid für 19 Euro.

Ich brauchte keinen Flug von Köln nach Madrid. Ich wohne in Berlin, und über die Feiertage wollte ich nach Almería, das etwa 500 Kilometer von Madrid entfernt ist. Ich dachte aber, Mann, nur 19 Euro, und stellte mir vor, wie es sein müsste, in einem Flugzeug zu sitzen, wissend, dass die Fluggesellschaft keinen Cent an einem verdient. Es ist nicht so, dass ich geizig bin, wirklich nicht. Irgendwann als Kind hat man mir erklärt, dass Geiz nicht geil ist, sondern bescheuert, eine der schlimmsten Eigenschaften, und ich bin mir sicher, dass in den wenigsten Ländern der Welt ein Elektromarkt mit so einem Spruch werben könnte. Nur in Deutschland geht das, was mich nicht wundert, weil Deutschland auch das Land ist, in dem ein Pärchen drei Stunden in einer Kneipe knutscht und dann dem Kellner sagt, dass es die beiden Milchkaffees getrennt zahlen möchte.

Ich stand also in der Nikolausnacht auf, fuhr ins Büro, buchte im Internet Köln–Madrid für 19 Euro und schwor, immer nach dem Knutschen die Milchkaffees zu zahlen. Einige Tage später erzählte ich meiner Mutter von der Buchung.

Weißt du was, sagte sie, wir kommen dich abholen.

Das ist nicht nötig.

Und wie nötig das ist. Wir besuchen da gleich deinen Bruder. Vielleicht mögen Oma und Opa mitkommen.

Ich wusste, dass es keinen Sinn hatte zu widersprechen.

Es sollte anfangs ein ganz normaler Flug werden. Die Maschine sah nicht anders aus als die anderen auf dem Rollfeld, ich hatte einen eigenen Sitzplatz, der Kaffee schmeckte, als hätte man eine Socke statt eines Kaffeefilters benutzt. Alles war wie bei einem 190-Euro-Flug. Beim Verlassen des Flugzeugs aber drückte mir die Stewardess einen Umschlag in die Hand, den ich mir dankend unter den Arm klemmte. Während ich auf den Koffer wartete, schaute ich nach draußen. Mein Vater, meine Mutter, Opa, Oma, meine Brüder und noch ein paar Leute, die ich noch nie vorher gesehen hatte, standen hinter einer Glasfront und winkten mir zu.

Kurz bevor der Koffer kam, riss ich den Umschlag auf. Ich hielt ein goldenes Magazin in der Hand. Die Fluggesellschaft Germanwings hatte mir zum Abschied ein *Playboy*-Heft geschenkt. In einer Ecke stand: »Die Sammler-Edition«. Meine Familie würde also nicht nur glauben, dass ich *Playboy*-Leser bin, sondern auch *Playboy*-Sammler.

Meine Brüder waren die Ersten, die mich begrüßten. Sie umarmten mich, sagten, dass ich immer hässlicher werde, und freuten sich, mich zu sehen. Dann ging ich zu meinen Eltern, auch sie freuten sich. Es passierte, während meine Oma mich drückte. Sie wollte gerade ihre Hände auf meine Schultern legen, als die goldene *Playboy*-Sammler-Edition unter meinem Mantel herausfiel. Ich hatte sie verstecken wollen. Enorme Brüste schauten meine Oma und mich an.

Ich weiß nicht, warum die Fluggesellschaft das tut.

Vielleicht braucht sie das Geld, sie braucht Geld vom *Playboy*, um 19-Euro-Flüge anbieten zu können.

Ich weiß, dass ich künftig wieder mehr bezahle.

Herr John, Gabi und meine Blödheit

Ich kann den Namen Gabi nicht ausstehen. Bestimmt sind Gabis in Ordnung, nicht schlechter als Dörtes oder Hannas, aber ich kann nicht anders.

Das Problem stammt aus der Zeit, in der ich in Bonn lebte. Es war eine komische Zeit. Deutschland war vereinigt, Stuttgart Meister, und im Fernsehen sagten Politiker, dass Asylbewerber künftig »objektive Verfolgungselemente aufzeigen« müssten, um bleiben zu dürfen. Mir war nicht ganz klar, was mit objektiven Verfolgungselementen gemeint war. So, wie es sich anhörte, musste es aber etwas mit abgesägten Händen oder dem Live-Mitschnitt einer Vergewaltigung zu tun haben.

Zu Beginn des Semesters sah ich am schwarzen Brett der Uni einen Aushang: »Sorgentelefon sucht Studenten mit Sprachkenntnissen, die Asylbewerber bei Behördengängen begleiten.« Mir hatte einige Tage zuvor der Vater eines Freundes erzählt, dass es immer mehr Asylbewerber gebe, die mehrfach Sozialhilfe kassierten, indem sie sich falsche Namen gaben. Ihm werde übel bei dem Gedanken, wie Deutschland diesen Leuten das Geld hinterherwerfe. Es war der gleiche Mann, der zweimal im Jahr mit einem kleinen Aktenkoffer zur luxemburgischen Niederlassung seiner Hausbank fuhr.

Ich beschloss, mich bei dem Sorgentelefon zu melden.

Sie sprechen Spanisch und möchten Asylbewerbern helfen, ist das richtig?

Äh ja, das stimmt.

Gut. Uns ist jemand abgesprungen. Könnten Sie eine somalische Familie zum Ausländeramt begleiten? Vater, Mutter und die vier Kleinen, ginge das?

Ich war mir eigentlich sicher, dass man in Somalia kein Spanisch sprach, hielt aber die Klappe.

Kennen Sie sich mit dem Ausländerrecht etwas aus?

Nein.

Nicht so wichtig, als Ausländer wissen Sie, was einen in einer Ausländerbehörde erwartet.

Wusste ich nicht. Ich wusste nur, dass man da zehnmal länger ansteht als bei den anderen Behörden und dass wir es in unserer Familie gehasst haben, da hinzugehen. Ich fuhr zu der Adresse, die mir die Frau am Telefon genannt hatte.

Herr John hieß gar nicht Herr John, und von den vier Kleinen waren nur zwei seine Kinder, die anderen beiden gehörten dem Nachbarn, der sie Herrn John mitgegeben hatte. Er werde vom Staat verfolgt, sagte Herr John, wegen der Politik. Ehrlich gesagt glaubte ich ihm nicht. Ich glaubte nicht, dass er in der Gewerkschaft gewesen war und nun auf einer schwarzen Liste stand, es war aber auch egal. Ich glaubte, dass er sein Land verlassen hatte, weil er seinen Kindern und denen des Nachbarn eine bessere Zukunft geben wollte. Einen besseren Grund konnte ich mir kaum vorstellen.

Wissen Sie, hier kann ich nichts für Herrn John tun, sagte der Beamte, aber wir haben in der Stadt eine Stelle, die sich um solche Fälle kümmert. Gabi. Soll ich da für Sie anrufen?

Weil ich dumm, naiv und bescheuert war, sagte ich ja.

Zehn Minuten später stand ein Polizeiwagen vor dem Amt. Gabi bedeutete: Gemeinsame Anlaufstelle Bonner Innenstadt. Der Polizist sagte, dass Herr John und seine Familie sicher illegal hier seien. Man werde ihren Fall prüfen und sie dann abschieben.

Ich habe nie wieder was von Familie John gehört.

Originalversion-Gucker

Zurzeit gehe ich viel ins Kino, viel mehr als sonst. Dafür gibt es Gründe. Mir geht zum Beispiel seit einigen Monaten das mit dem Erinnern im Fernsehen auf die Nerven. Wenn sich die Öffentlich-Rechtlichen erinnern, dann ist meist Guido Knopp in der Nähe, wenn die Privaten das tun, Hape Kerkeling. Kerkeling sitzt auf einem Hocker vor einer Video-Wand und erzählt, manchmal schneiden sie noch Hella von Sinnen oder Oliver Welke dazwischen, aber meist ist es Kerkeling. Er redet über die Haare von früher, über die Mode, über die Einrichtung, er ist der Nostalgie-Beauftragte für Deutschland. Nachdem sich nun alle Sender an die 80er, an die 70er und an die Wiedervereinigung erinnert haben, fangen sie an, sich an ihre Geburt zu erinnern. RTL ist 20 geworden, Sat1 auch, wieder erinnern, wieder Nostalgie, wieder Kerkeling. Ich weiß nicht, wie es anderen Leuten geht, aber wenn ich RTL oder Sat1 schaue, dann nicht, um mich zu erinnern, sondern um zu vergessen.

Also gehe ich ins Kino, was auch nicht immer ganz leicht ist. Mein Freund Thorsten, mit dem ich das manchmal mache, ist ein Programmkino-Geher. Ich bin das nicht, ich bin Programmkino-Meider, nicht, weil mir die Filme nicht gefallen, die sind okay. Es ist interessant zu sehen, was passiert, wenn jemand keine Therapie macht, sondern stattdessen einen Film dreht. Mich stört etwas anderes. Zum Beispiel, dass die Menschen in diesen Kinos immer den Abspann lesen. Ich habe nie verstanden, warum man wissen möchte, wer das Catering organisiert hat und wie die Praktikantin des Maskenbildners hieß.

Noch seltsamer finde ich aber, dass Programmkino-Geher nach dem Abspann-Lesen ihren Platz aufräumen. Sie bringen die Bierflaschen in die Kisten vor den Eingang und die Verpackung vom Eis in den Mülleimer. Das ist unnatürlich. Video und DVD haben meiner Meinung nach nur deshalb das Kino nicht verdrängt, weil man in einem Kinosaal, sobald das Licht ausgeht, rumsauen kann, wie man es daheim niemals täte. Daran sollte man immer denken.

Die Steigerung von Programmkino-Gehern sind Originalversion-Gucker. Letzte Woche habe ich mir den Film *Calendar Girl* angeschaut. Alte Frauen, die sich für einen Pin-Up-Krebs-Kalender ausziehen (selten einen traurigeren Plot gehört, ich weiß). Programmkino, Originalversion, im Kino bis auf mich nur Frauen. Der Film begann, und ich verstand einen Scheiß. Die alten, englischen Frauen sprachen zu schnell, zu undeutlich, zu englisch. Neben mir saß eine ältere Dame, die alles zu verstehen schien, jedenfalls schaute sie mich während des Films an und sagte: *Des is so funny, right? So funny, much, much fun, hi, hi, funny fun.* Ihr Englisch klang, als hätte sie es bei Lothar Matthäus gelernt.

So much fun, antwortete ich, und sie schaute zufrieden. Ich hätte meine Arme verwettet, dass sie nicht mehr verstand als ich, aber das konnten wir beide nicht zugeben. Ein Originalversion-Gucker wird immer sagen, dass man einen Film überhaupt erst verstehen kann, wenn man ihn in genuscheltem Englisch hört. Er wird etwas mitleidig auf die anderen schauen, auf die Deutsch-Gucker. Wahrscheinlich wird er nicht in der Lage sein zu sagen, worum es im Film genau ging. Aber er wird das Gefühl vermitteln, dass er genau weiß, wovon er redet. So wie RTL und Sat1 das tun, wenn sie einem erzählen, wie es früher war, so, als sei man nicht dabei gewesen.

Erbarmen. Zu spät

Wenn mein Bruder Paco, der seit fast vier Jahren nicht mehr in Deutschland lebt, sondern in Madrid und dort, wie ich glaube, sehr zufrieden ist, wenn mein Bruder also in letzter Zeit so etwas sagen möchte wie »das ist aber eine hübsche Frau«, könnte ich wetten, dass er nicht einfach sagt »das ist aber eine hübsche Frau«, sondern vermutlich *»des is'n uffschepper Zuggerschneggsche vom Feinsde«*. Ich weiß nicht, woran das liegt, finde es aber faszinierend.

Seit mein Bruder Deutschland verlassen hat, redet er immer weniger Deutsch und immer mehr Hessisch. Es ist nicht so, dass er Fehler macht. Paco kann absolut perfekt und akzentfrei Deutsch sprechen, so perfekt und akzentfrei wie keiner jener CSU-Politiker, die strengere Sprachtests für Ausländer bei der Einbürgerung fordern. Er sagt, dass er Hessisch einfach schöner finde, melodischer, weicher, witziger. Es mache einfach mehr Spaß, eine andere Erklärung habe er nicht. Ehrlich gesagt frage ich mich manchmal, wo das hinführen soll. Ich warte auf den Moment, in dem er mich anruft und mir davon erzählt, dass er die Rodgau Monotones auf Galizien-Tour geschickt hat und das mit dem Verkauf von kleinen Sangría-Bembelsche in der Konzertpause finanzieren möchte.

Mir ist die Macht des Hessischen schon ein paar Mal aufgefallen, bei den Freunden meines Vaters zum Beispiel. Nette, gutmütige und ein wenig überdrehte Südspanier, die bei jeder Gelegenheit darauf verweisen, wie wunderbar Andalusien sei und wie furchtbar Hessen, dieses Bundesland, in das sie nur

Francos ebenso faschistische wie verblödete Industriepolitik getrieben habe. Almería müsse man einfach für seine Sonne lieben, Sevilla für seine Kathedrale und Córdoba für seine Frauen. Und wofür müsse man Hessen lieben, fragen sie. Bei Frankfurt denke man an einen schlechten Fußballverein, bei Fulda an schlechte Autoreifen und bei Kassel eigentlich an gar nichts, außer, dass man sich frage, warum der ICE zwischen Frankfurt und Hamburg da halten muss.

Ich lasse mich nie mit ihnen auf Diskussionen ein, es führt zu nichts. Sie sind Betonköpfe, auf die man zehn Stunden einreden könnte, ohne dass sich ihre Meinung ändern würde, andalusische Roland Kochs gewissermaßen. Seit dreißig Jahren fahren sie für höchstens vier Wochen im Jahr in ihre Heimat, wissen so gut wie nichts vom Leben dort, kennen kaum einen Landespolitiker, lesen keine Zeitung von dort, würden mir aber sofort den Kopf abreißen, kritisierte ich Andalusien. Lustig wird es immer, wenn ich diese Patrioten während eines Besuches bei meinen Eltern treffe. Sie begrüßen mich nicht etwa mit: *Hola, amigo, ¿cómo estás?*, sie sagen: *Ey, guude wiie, ¿cómo estás?* Sie reden übelstes Hessisch. Man muss sich das vorstellen wie ein Gespräch zwischen Heinz Schenk und Dragoslav Stepanovic.

Dass sich nicht nur ihre Sprache mit den Jahren verändert hat, sondern dass sie auch in ihrem Wesen zu Hessen geworden sind, merkte ich vor ein paar Wochen bei einem Streit zwischen Enrique und Antonio. Ich weiß nicht mehr genau, worum es ging, vermutlich darum, wie unerträglich schön Spanien ist. Irgendwann sagte Enrique zu Antonio, der meist die besseren Argumente hat, *weissde*, wenn du mal stirbst, *muss mer dei Maul extra dodschlache!*

Antonio antwortet: Und? *Lebbe geht waider.*

Ich dachte an Paco und fragte mich, ob er mit der Zeit auch zum Hessen werden würde. Ich mache mir Sorgen.

Captain Kirk im Renault 4

Ich war zehn und wollte helfen. Ich meinte es gut und ahnte nicht, dass 1982 ein schlechtes Urlaubsjahr werden würde. Es war das erste Jahr, in dem wir mit dem Opel nach Spanien fuhren.

Einen Opel Rekord hatte damals niemand in dem Dorf meiner Eltern. Es gab einen Benz. Der Mann, der sich den leisten konnte, hatte zusammen mit meinem Opa angefangen, Oliven anzubauen. Irgendwann beschloss er, das mit den Oliven zu lassen, und wechselte zu Mohn. Mohn lief besser als Oliven. Er kaufte sich bald den Benz, später noch einen Audi und einen BMW. Dann kam die Polizei und holte ihn ab in einem Seat. Mittlerweile baut mein Opa auf diesen Feldern wieder Oliven an.

Mein jüngerer Bruder schwört, dass die Oliven von diesen Feldern irgendwie anders schmecken. Er macht Plätzchen aus ihnen und nimmt sie mit auf Partys.

Wenn man mich fragt, bildet er sich was ein.

Als mein Vater mit dem Opel in Südspanien ankam, war das ungefahr so, als sei er da mit der Enterprise gelandet. Die Leute standen um ihn rum, schauten auf den Wagen und konnten nicht glauben, dass jemand, der vor zehn Jahren mit einem Koffer weggegangen war, heute so ein Ding mitbringt. Manche klatschten. Mein Vater versuchte bescheiden zu wirken, weil er alles andere als ein Angeber ist, aber mit so einem Teil ging das nicht. Der Opel schien der Beweis zu sein, dass es richtig gewesen war, vor zehn Jahren diese Menschen zu verlassen, die nun um das Auto herumstanden und die er liebte. Heute ist er sich da nicht mehr so sicher, aber damals glaubte er das. Auf jeden Fall war mein Vater stolz auf den Opel, und ich war stolz auf meinen Vater. Die Leute bejubelten ihn. Er hatte diesen Schlitten, er war Captain Kirk von der Enterprise.

Einmal in der Woche fuhren wir an den Strand, an dem ich mir wie immer einen Sonnenbrand holte, weil ich keine Sonnencreme benutzte. Mein Vater nahm auch keine. Er hat mal gesagt, dass Creme etwas für Frauen sei, und da er ein Mann sei, benutze er keine. Das fand ich logisch, und außerdem liebte ich es, mir die Haut abzupellen und Bällchen daraus zu drehen, die ich meinen Brüdern in die Ohren oder in die Nase steckte, während sie schliefen.

Es hätte ein toller Urlaub werden können. Eigentlich war an allem Frau Tahlen schuld. Meine Lehrerin. Sie hatte gesagt, dass ein Gummiballon platzt, wenn sich die Luft darin erwärmt.

Dunkles Gummi schneller als helles.

Als ich nach dem Essen am Strand spazieren ging, kam ich am Opel vorbei. Ich sah die Reifen und dachte an Frau Thalen. Die Reifen waren aus Gummi, sie waren schwarz, und sie waren mit Luft gefüllt.

Schöne Scheiße, wenn die wegen der Hitze platzen, dachte ich.

Ich machte das einzig Richtige. Ich ließ die Luft raus. Aus drei Reifen. Als ich beim vierten war, kam mein Vater.

Ich kann mich noch ziemlich genau an den Blick meines Vaters erinnern. Ich hatte in dem Moment ein schlechtes Gefühl und fing intuitiv an zu rennen, was ja genau genommen Unsinn war, da ich nur die Reifen retten wollte.

Es war ein blöder Urlaub.

Ich sollte nicht mehr an den Strand kommen, meine Mutter redete nicht mit mir, und Captain Kirk fuhr beleidigt mit einem geliehenen Renault 4 von Dorf zu Dorf und suchte nach einer Felge für den Opel, da eine seiner Felgen bei der Aktion kaputt gegangen war.

Nein, 1982 war kein gutes Urlaubsjahr.

Österreich und der Mond

Vor einiger Zeit war ich in Dubai, in dem kleinen arabischen Emirat, in dem die Menschen glücklich sind, weil sie Öl haben und wir immer größere Autos bauen, die immer mehr Benzin verbrauchen. Ich hatte wieder das Golden-Toast-Gefühl. In den Gebäuden Dubais ist es kühl, tritt man aber auf die Straße, weiß man, wie sich ein Aufbackbrötchen im Ofen fühlt. Das ist das Golden-Toast-Gefühl. In dem Moment hasst man es, aber nach vier Wochen Januar in Berlin – der Berliner Januar ist nichts anderes als ein einziger zäher Montag – würde ich viel für das Aufbackgefühl geben.

In Dubai habe ich etwas getan, was man nie tun sollte. Ich habe meinen Pass verloren. Nun komme ich nicht aus Deutschland, sondern aus dem Entwicklungsland Spanien. Ich habe einen spanischen Pass, und Spanien hat kein Konsulat in Dubai. Ich rief also bei den Deutschen an.

Ja, bitte, konsularische Vertretung Deutschlands?

Guten Tag, ich habe meinen Pass verloren.

Das ist nicht gut, sagte die Frau.

Schön, dass Sie das erwähnen, aber es ist noch schlimmer, sagte ich.

Was ist denn noch schlimmer?

Ich bin kein Deutscher.

Sie sind kein Deutscher? Sie klang irritiert.

Nein, ich bin Spanier.

Ja, das ist ein Problem. Ihnen ist aber bewusst, dass Sie hier beim deutschen Konsulat anrufen?

Ja, ich weiß, können Sie mir nun helfen?

Aber Spanien hat eine Botschaft in Abu Dhabi.

Das ist 150 Kilometer weg.

Ich fürchte, dass Sie da hinfahren müssen.

Aber wir sind doch ein Europa!

Wer hat Ihnen denn das erzählt?

Steht in der Zeitung.

Also gut, ich würde Ihnen ja gerne helfen, aber wir sind nicht für Spanier zuständig, nur für Deutsche. Aber ich weiß, dass eine Vertretung hier in Dubai einen Teil der konsularischen Betreuung von Spanien übernommen hat.

Wer?

Österreich.

Österreich? Jetzt war ich irritiert.

Ach, warten Sie, ich sehe gerade, dass Ihnen das auch nicht weiterhelfen dürfte. Ich fürchte, die sind für Visa-Angelegenheiten zuständig, Sie können ja dort mal anrufen.

Mein Flugzeug geht morgen.

Das können Sie vergessen.

Ich möchte das aber nicht vergessen.

Schauen Sie, heute ist Mittwoch. Donnerstag und Freitag sind Botschaften und Konsulate geschlossen, da ist Wochenende in arabischen Ländern. Und da Sie auch einige Formalitäten bei den hiesigen Behörden werden regeln müssen, könnten Sie auch am Montag Schwierigkeiten haben.

Und warum das?

Der Fastenmonat Ramadan könnte am Montag beginnen, da erlahmt das öffentliche Leben, viele Beamte arbeiten nicht.

Und wovon hängt das ab, ob Montag der Ramadan beginnt?

Vom Mond, der Stand des Mondes entscheidet darüber.

Ich legte auf. Ich war in Dubai, hatte keinen Pass und meine Hoffnungen richteten sich gen Mond und Österreich. Irgendetwas lief gerade sehr, sehr schief.

Die Ästhetik der Hinkefüße

Mein Freund Thorsten und ich standen an dem Kunstrasenplatz schräg gegenüber von meiner Wohnung und schauten zwei Mannschaften aus der Freizeit-Liga zu. Thorsten und ich redeten nicht, standen nur da, hörten uns die Sprüche an, die der Schiedsrichter ertragen musste, und froren ein wenig. Ich fragte mich, warum jemand das tut – warum jemand Schiedsrichter in einer Freizeit-Liga wird. Der dicke Mann vor uns war am frühen Sonntagmorgen aufgestanden und versuchte, eine Horde Klumpfüße zu bändigen, die etwas machten, das wie professionelles Wrestling mit Ball aussah. Er tat mir Leid in seinem grellen Leuchtbojen-Pipi-Shirt. Zwanzig Euro bekommt er für ein Spiel, habe ich gelesen. Ich finde, dass man die Sache anders abrechnen sollte.

Jedes Idiot, Hornochse, Dummbeutel und Pimmelfresse, das ein Freizeit-Liga-Spieler ihm an den Kopf wirft, kostet einen Euro, Arschloch, Wichser und alles mit der Mutter in Beziehung Stehende drei. Sobald das so gehandhabt wird, lasse ich das mit dem Schreiben und werde reich.

Thorsten achtete nicht auf das Spiel. Er schien nachzudenken, was mich etwas beunruhigte. Nach einer Weile drehte er sich zu mir um und bewies erneut, dass er zu den wenigen Menschen gehört, die zur gleichen Zeit eine Frage und eine Beleidigung formulieren können.

Erklär mir bitte mal, warum sich Carrie aus *Sex and the City* 400-Dollar-Schuhe von Manolo Blahnik leisten kann, dazu eine tolle Wohnung in Manhattan und teure Mittagessen, warum kann sie das und du Dummbeutel nicht?

Ich sah, wie ein kleiner Mann auf seinen Gegner zurannte und versuchte, einen Übersteiger zu machen. Er trat auf den Ball und stolperte.

Erklär es mir. Du hast den gleichen Job wie Carrie. Du schreibst den Käse auf, der dir oder deinen Freunden passiert, und jemand gibt dir Geld dafür. Warum läufst du also rum wie Falschgeld, wohnst in einer Ecke, in der die Kneipen »Gern zu Alfreds« heißen, und hast ein Lieblingsrestaurant, in dem die Hähnchenkeule mit Extra-Reis sechs Euro kostet?

Das ist Fernsehen, sagte ich, das ist was anderes.

Warum ist das was anderes?, fragte Thorsten.

Zum Beispiel, weil ich nicht weiß, wer Manolo Blahnik ist, weil ich, anders als Carrie, nicht aussehe, als würde ich Essen hassen, und weil meine Bekannten weder Nymphomaninnen noch Puritaner sind, sondern nur anstrengend. So wie du.

Der fette Libero der Blauen hatte gerade ein Kopfballduell gegen einen Stürmer verloren. Als Strafe rammte er dem Stürmer seinen Ellbogen in den Hals.

Deinem Leben fehlt Glamour, sagte Thorsten, es ist langweilig, monoton und fad, dein Leben ist wie du. Schau doch mal, du stehst an einem Fußballplatz und guckst Spinnern beim Sport zu.

Jetzt fiel mir auf, was sein Problem war. Thorsten wird in einigen Monaten nach New York ziehen. Ein Tapetenwechsel, sagt er, Erfahrungen machen, was erleben. Eigentlich dachte ich immer, dass er mich um nichts beneidet, als ich aber neben ihm am Fußballplatz stand und ihm zuhörte, war ich mir nicht sicher.

Ich glaube, dass er mich sehr wohl beneidet, und zwar um die Fähigkeit, nicht das Bedürfnis zu haben, irgendwo anders sein zu müssen, weil es sein könnte, dass man etwas verpasst.

Thorsten hat diese Fähigkeit nicht. Er und die vielen anderen Thorstens in meinem Bekanntenkreis müssen einfach noch lernen, was so großartig daran ist, 44 Hinkebeinen und einem masochistischen Schiedsrichter beim Kicken zuzuschauen.

Beziehungs-Pressegespräche

Vor einigen Nächten konnte ich nicht schlafen. Ich lag im Bett und hatte Hunger. Da ich nur Pizza im Kühlschrank hatte, musste ich fernsehen. Ich gehöre zu der sehr großen Gruppe von Menschen, die während des Pizzaessens nur fernsehen können und nicht etwa ein Buch lesen. Kekse und alle Heißgetränke kann ich mit Lesen kombinieren, Pizza nicht.

Ich schaute mir die Übertragung eines Formel-1-Rennens in Australien an, und mir wurde erneut bewusst, dass ich fast nichts vom Rennsport verstehe, außer dass da Menschen arbeiten, die bei Interviews noch weniger sagen als Bundesliga-Profis oder Generalsekretäre. Ich glaube, dass es ein Buch gibt, das man vom Rennstall bekommt, wenn man als Rennfahrer anfängt. Ein paar Seiten, in denen alles steht, was man wissen muss, um Formel-1-Interviews zu geben.

»Lieber Rennfahrer, dieser kleine Leitfaden wird dir ein treuer Begleiter sein. Auf diesen Seiten steht alles, was du wissen musst, um ein gutes Verhältnis zur Presse zu haben. Wenn es Freitag ist und ein Journalist dich etwas fragt, antwortest du immer mit dem Satz: Nun, das ist schwer zu sagen, man muss erst das Qualifying abwarten. Stellt dir jemand eine Frage, und es ist Samstag, antwortest du: Nun, das ist schwer zu sagen, man muss erst das Rennen abwarten. Du kannst statt ›Rennen‹ auch ›Sonntag‹ sagen, mehr solltest du aber nicht variieren.

Sollte dich jemand besonders nerven, machst du es so ähnlich wie Politiker. Du nimmst dir den Typen zur Seite, drehst dich ein paar Mal um, so als wolltest du sicher sein, dass euch keiner belauscht, schaust konspirativ und flüsterst: Ich muss dich bitten, das für dich zu behalten, und ich verlasse mich auf dich, aber wir haben gestern die Telemetrieprobleme in der Black Box durch die Kalibrierung des Zylinderöffnungswinkels beim Hirse-Oktan-Pneu hinbekommen ... aber bitte, das hast du nicht von mir, okay?«

Wahrscheinlich ist es leichter, als man denkt, gut mit der Presse auszukommen. Man muss einfach immer Belangloses wiederholen, sich nie festlegen und nie wirklich etwas mitteilen – so lange, bis alle glauben, dass es normal sei, dass Menschen sich so unterhalten.

Als ich mit der Pizza fertig war, fragte ich mich, warum dieses Verhalten nur für Rennfahrer in der Formel 1 gelten sollte. Psychologen sagen, dass Beziehungen scheitern, wenn sich Paare nicht austauschen, wenn sie sich anschweigen, keine gemeinsamen Themen mehr haben. Ich glaube das nicht. Die Paare, die ich kenne, die seit Jahren zusammen sind und für deren Beziehung ich meine Hand ins Feuer legen würde, reden schon lange nicht mehr miteinander, jedenfalls nicht so, wie Psychologen sich das vorstellen. Es ist wie bei Menschen, die zu viel über sich nachdenken; wer das tut, wird unglücklich. Das sagen Nietzsche und meine Oma, demnach stimmt es vermutlich.

Ich kann das an den Paaren in meinem Bekanntenkreis feststellen, die sich darüber beschweren, dass sie nicht mehr miteinander reden. Erst streiten sie sich, anschließend trennen sie sich, und irgendwann sitzt einer der beiden auf meiner Couch und fragt, wie es dazu kommen konnte, woraufhin ich nicht antworten kann: Weil du ja unbedingt wissen wolltest, wie es im Innern deines Partners aussieht – statt einfach die Klappe zu halten und mit ihm ins Kino zu gehen.

Toll, so eine Formel-1-Übertragung, dachte ich kurz vor

dem Einschlafen. Im Fernsehen hörte ich noch etwas von einem Schumacher-Interview: Nun, das ist schwer zu sagen, man muss erst die nächsten Rennen abwarten.

Man kennt doch die Spanier

Ich weiß nicht, warum die Leute glauben, da ich ja nun mal Spanier sei, müsse ich auch gerne feiern. Das ist ein Vorurteil, und wie die meisten Vorurteile, die Spanier betreffen, stimmt auch dieses nicht. Das einzige Vorurteil über Spanien, das zutrifft, ist, dass wir niemals ein wichtiges Spiel bei einer Europa- oder Weltmeisterschaft gewinnen werden.

Der Rest ist dummes Zeug.

Es heißt zum Beispiel, dass wir Spanier feurig seien. Ich weiß nicht, wie man darauf kommt. Spanier sind nicht feurig.

Kein feuriges Land hätte sich acht Jahre lang von José María Aznar regieren lassen. Aznar war Valium, das eine Politik machte, die nur zu ertragen war, wenn man zuvor Lexotanil genommen hatte. Sein Nachfolger Zapatero scheint ein netter Mensch zu sein, aber in Sachen Feurigkeit erinnert er ein wenig an Rainer Brüderle.

Das mit den spanischen Festen, die angeblich immer rauschend sind, ist ebenfalls Unfug. Das Einzige, was bei einem spanischen Dorffest rauscht, ist die Musikanlage. Keinem Volk der Welt ist es derart egal, wie gut die Musik zu hören ist. Wenn in Deutschland ein Dorf feiert, gibt es garantiert jemanden, der sich um die richtige Akustik im Festzelt kümmert. Je ländlicher die Gegend, desto mehr Vorverstärker und High-End-Stufen. Die Musik auf deutschen Volksfesten ist sicherlich der Horror, aber wenigstens in Dolby-Digital.

In Spanien kommt aus den Boxen irgendwas Sämiges, das entfernt nach Kastagnetten klingt.

Dass die Leute ununterbrochen tanzen, liegt nicht daran,

dass der Spanier nicht wüsste, wohin mit seiner Lebensfreude. Es liegt daran, dass es in spanischen Festzelten keine Bänke gibt. Es bleibt einem nichts anderes übrig, als zu tanzen, wenn man nicht stundenlang nur rumstehen will.

Es ist das gleiche Prinzip wie bei privaten Partys in Deutschland.

Deutsche Partys sind deshalb so langweilig, weil die Gastgeber nicht verstanden haben, dass man die Küche absperren und das Wohnzimmer ausräumen muss, wenn die Leute tanzen sollen. Niemand kann sich sechs Stunden lang an eine Schrankwand lehnen, ohne das Bedürfnis zu haben, mal etwas anderes zu tun. Nicht mal ein Deutscher.

Eigentlich unterscheiden sich spanische Feste nicht besonders von deutschen. Unser Peter Alexander heißt Manolo Escobar, die Zillertaler Schürzenjäger heißen Los Chichos, die Spyder Murphy Gang Hombres G. Einer der begehrtesten Sänger, die für die obligatorischen Konzerte während einer spanischen Festwoche gebucht werden, heißt so ähnlich wie ein Spülmittel – Fary. Manchmal klingt er auch so.

In Spanien glaubt man sogar, dass eines der besten Feste der Welt die Deutschen feiern. Sie meinen das Münchner Oktoberfest, das sie nicht Oktoberfest nennen, sondern viel treffender *La fiesta de la cerveza*, das Fest des Bieres.

Im Urlaub hat mich mal jemand gefragt, ob es stimme, dass Deutsche auf diesem Fest zehn Drei-Liter-Krüge trinken könnten. Ich habe das verneint und ihm erzählt, dass es Fünf-Liter-Krüge seien. Außerdem würden junge Mütter aus München während des Oktoberfestes ihren Babys Fläschchen mit Weißbier geben. Die Kleinen könnten sich so schon mal an den Geschmack gewöhnen, damit sie später mal richtige deutsche Männer würden.

Das stimmt doch nicht, antwortete mein Gesprächspartner.

Doch, antwortete ich, du kennst doch die Deutschen.

Kant, Lenin und Mallorca

Ich war auf Mallorca, in einem Ferienhaus, das ich im Internet gefunden habe und das einem deutschen Ehepaar gehört. Weil es offenbar ein sehr ordentliches Ehepaar ist, hat es mir bei der Anmietung vor ein paar Wochen nicht nur den Mietvertrag zugeschickt, sondern auch ein kleines Begleitheft, das viele Bilder, einige Tabellen und etwa 50 Seiten hat – die Hausordnung.

Meine Hausordnung in Berlin passt auf eine Seite und besagt im Wesentlichen, dass ich zwischen zehn Uhr abends und sechs Uhr morgens die Klappe halten soll. Man kann sie sich ungefähr vorstellen wie Kants kategorischen Imperativ in Hausmeisterdeutsch. Ich frage mich zwar, warum in diesem Land akzeptiert wird, dass ich um fünf nach zehn die Musik runterdrehen muss, es aber legal ist, um drei nach sechs in der Früh damit zu beginnen, mit einem Schlagbohrer, einem Brecheisen und einem Vorschlaghammer die Schlafzimmerwände einzureißen, so wie es meine Nachbarn vor einiger Zeit getan haben. Es gibt aber Fragen, die man sich nicht stellt, wenn man eine schöne Wohnung hat und diese behalten möchte.

Die Hausordnung des Ehepaares war weniger an Kant orientiert, eher an Lenin und seinem *Was tun?*, ein Buch, in dem er nach der Revolution den Russen erklärte, wie man das mit dem Kommunismus macht, eine Betriebsanleitung für den Kommunismus, in der alles genau erklärt wurde. Wie in meiner Hausordnung. Ich bin froh, dass nun viele Dinge geklärt sind. Zum Beispiel steht da drin, dass ich Teller nach dem Essen spülen und in den Schrank stellen soll. Ursprünglich hatte ich ja vor, benutztes Geschirr in meinen Koffer zu packen, das fällt jetzt weg.

Ich weiß noch, dass, als ich die 50-Seiten-Betriebsanleitung für mein Ferienhaus bekam, ich in einigen Schubladen nachschaute, wie viele Seiten andere Anleitungen haben. Die von meinem Computer hat 48 Seiten, mein Auto braucht 25 und mein Handy 150. Die beste Anleitung hat mein Ofen. Es ist ein kleiner Beipackzettel, auf dem ein paar Symbole aufgezeichnet sind. Unten rechts steht eine Service-Nummer, die 24 Stunden erreichbar sein soll. Ich weiß noch, dass ich mich damals wunderte, dass ich eine »Service-Nummer« anrufen sollte und nicht eine »Hotline«, was ich bei einem Ofen ganz hübsch gefunden hätte. Gleichzeitig fragte ich mich, wie es sein muss, Mitarbeiter eines 24-Stunden-Sorgentelefons für Backöfen zu sein, vermutlich gibt es nur wenige traurigere Jobs auf der Welt. Ich weiß nicht, welche Frage ich an einem Dienstagmorgen um vier bezüglich meines Backofens haben könnte.

Ansonsten bin ich zufrieden auf Mallorca. Das Haus ist sehr schön, es hat eine Steinfassade, eine große Dachterrasse und einen Garten, der in Deutschland als ungepflegt gelten dürfte. In den anderen Häusern scheinen Mallorquiner zu leben. Ich merke das daran, dass sie irgendwann gegen vier zu Mittag essen. Sie sind sehr laut. Manchmal frage ich mich bei dem Krach, den sie machen, ob sie essen oder sich gegenseitig beim Kauen anfeuern, aber ansonsten ist es nett.

Dem Ehepaar werde ich nach meiner Rückkehr einen kleinen Brief schreiben: »Liebes Ehepaar, Sie haben ein schönes Haus. Danke, dass ich es nutzen durfte, und danke auch für die Hausordnung und die vielen Erklärungen. Etwas habe ich allerdings vermisst, vielleicht können Sie das in der nächsten Ausgabe aufnehmen. Warum ist Ihr Haus in der ganzen Ortschaft das einzige, das auf der Steinmauer um das Grundstück einen Stacheldrahtzaun hat? Fragt und grüßt … J. M.«

Spanisch-ostdeutsche Annäherung

In der *Spiegel*-Titelgeschichte von letzter Woche, die ich, wie die meisten Menschen, nur im Urlaub lese, weil ich so viel Wahrheit über die Welt nur aushalte, wenn die Sonne scheint und das Meer nicht weit ist, war ein interessanter Satz, ein Satz, der für mich vieles erklärt.

Der Slogan der DDR-Post hieß: »Fasse dich kurz«.

Meine besten Freunde sind Ostdeutsche, fast ohne Ausnahme. Ich gehe oft mit ihnen etwas trinken, fahre mit ihnen im Sommer übers Wochenende an irgendeinen Brandenburger See, in dem das Wasser trüb ist, die Mücken fies und gutgelaunte ältere Damen nackt am Ufer tollen, Damen, die im Westen nicht mal einen Badeanzug besäßen. Einer dieser Freunde hat eine Weile bei mir gewohnt, mein erster Ostdeutscher.

Ich habe ihm einige Dinge erklären müssen, zum Beispiel, dass Kaffee etwas ist, das man in kleine schwarze Tassen gießt und stark trinkt. Wenn man ihn nicht so stark möchte, gibt man Milch dazu, nicht Wasser. Er verstand es nicht. Kaffee kaufte er so häufig wie Küchenschränke. Ein Teelöffel Kaffee auf einen Liter Wasser, das war seine Mischung. Die Packung hielt ewig.

Ostdeutsche trinken ihn eher bekömmlich, sagte er, und ich fragte ihn, seit wann Spülwasser bekömmlich sei.

Er sagte auch nicht Kaffee oder Café, er sagte erst Kaff, machte eine ganz kurze Pause, und dann Ä, wie Ähre. Kaff-Ä, der auch nicht aus Tassen getrunken werde, natürlich auch nicht aus kleinen Gläsern, wie mein Vater das macht, sondern aus Pötten. Ein Pott Kaff-Ä, heißt es in Ostdeutschland. Es war hoffnungslos. Ostdeutschen guten, starken Kaffee anzubieten ist, wie Spaniern zu erklären, warum Rosenthaler Kadarka besser als Rioja oder Jürgen Kroy besser als Luis Miguel Arconada war – es ist sinnlos.

Als ich den Satz im *Spiegel* las, musste ich an meine Freunde denken. Es stimmt, dass Ostdeutsche weniger reden als Westdeutsche. Ob das eine Folge der DDR-Post ist, kann ich nicht sagen, aber es wäre eine Erklärung, so ein Slogan prägt. Wenn diese Theorie aber stimmt und man meine andalusische Familie kennt, dann müsste der Werbe-Spruch der spanischen Post gewesen sein: »Quatsch dir 'n Ast«, und das glaube ich nicht.

Ich habe die Erfahrung gemacht, dass Ostdeutsche erst ein wenig auftauen müssen, dass sie sich erst sicher fühlen müssen, bevor sie sich zu Dingen äußern. Es gibt wahrscheinlich nur wenige Sätze, die der Ostdeutsche häufiger sagt als der Westdeutsche. Das weiß ich nicht, dazu kann ich nichts sagen, ist einer davon. Einem Westdeutschen dreht sich der Magen um, wenn er gezwungen ist, das auszusprechen, und im Spanischen gibt es die Formulierung meines Wissens gar nicht, aber Ostdeutsche nutzen sie gern und oft, was sehr aufrichtig ist. Wer einen Spanier nach dem Weg zur Zulassungsstelle fragt, wird nie hören, du, ich bin zum ersten Mal in der Stadt, ich habe keine Ahnung. Eine Ahnung haben wir immer, Wissen im engen, gewissermaßen im ostdeutschen Sinne vielleicht nicht, aber Ahnung sicher. Ein Ostdeutscher aber kann über der Zulassungsstelle wohnen, fragt man ihn aber, zum Beispiel am Nachmittag, wo sie ist, wird er sicherheitshalber sagen, weiß ich nicht, denn es könnte ja sein, dass sie gerade an dem Morgen umgezogen ist, und dann hätte man etwas Falsches gesagt.

Ich komme dennoch wunderbar mit ihnen klar. In einem

Punkt sind sie wie Südspanier und damit absolut gegensätzlich zum Westdeutschen. Auf einer ostdeutschen oder einer andalusischen Feier ist es möglich, dass sich zwei Männer mittleren Alters einen ganzen Abend unterhalten und sich nicht fragen, was der andere beruflich macht. Im Westen undenkbar. Ein Westdeutscher braucht einen Beruf, um einen Menschen einschätzen zu können, eine sehr traurige Eigenschaft übrigens. Ich habe schon oft erzählen müssen, was jemand bei einer Zeitung verdient, lange bevor ich gefragt wurde, ob ich einen Namen habe. Im Osten passiert das nicht. Man ist nicht gleich ein Idiot, weil man Bankkaufmann, Werbetexter oder Politiker ist. Denken wird es der Ostdeutsche vielleicht genauso schnell wie der Westdeutsche, aber sagen, sagen wird er es erst, wenn er sicher ist.

Inhalt

Ich danke vor allem Alexander Gorkow, weil alles seine Idee war. Ich danke Jakob Augstein, weil er mir meine erste Anstellung gegeben hat. Ich danke der *Süddeutschen Zeitung*, weil sie Texte druckt, in denen es darum geht, was für Kräuter mein Vater in seinem Schrebergarten bei Hanau-Großauheim zieht, das Gleiche gilt für die *DVA*. Ich danke einem ehemaligen Schulfreund, der Thorsten heißt und vom dem ich ehrlich gesagt nicht genau weiß, was aus ihm geworden ist. Ich danke meiner Mutter, Jaime, Paco und N. Ihr wisst, wofür.

Juan Moreno